父のひと粒、太陽のギフト

大門剛明

幻冬舎

父のひと粒、太陽のギフト

装画　ヒロミチイト
装丁　平川彰（幻冬舎デザイン室）

目次

序章

朝の四時三十九分。目覚まし時計が鳴るより早く目が覚めた。

昨日の晩はなかなか寝られなかった。早く起きないといけなかったからだ。意識すると逆になってしまう。Tシャツに短パンのまま寝ていた水倉陽翔《みずくらはると》は、すぐに飛び起きる。机の上を見た。十二歳の誕生日に買ってもらった小さなラジコンヘリが載っている。

「行ってくるよ」

意味もなくラジコンに敬礼をする。二階にある子供部屋の窓を開け、納屋のトタン屋根の上に飛び乗る。そして猫のように音もなく地面に降りた。十四段変速の自転車にまたがると、静かにスタンドを撥《は》ね上げた。

外は霧もなく、空気はひんやりとしていた。

陽翔は一度大きく深呼吸をする。おいしい。空気にも味があるというどこかで聞いたフレーズが浮かぶ。山鳩《やまばと》が鳴いている以外にほとんど音はない。あとはかすかに遠くから新聞配達のバイクの音が聞こえる程度。ライトはつけない。日の出前だが七月下旬ということもあり、明るい。ライトなしでも十分に見えるから大丈夫だ。

——五時くらいにおいで。見せてあげるよ。

誘ってくれたのは宗村日出男《むねむらひでお》というおじさんだった。今から陽翔は彼がラジコンヘリを飛ばすのを見に行く。といっても遊びのラジコンじゃない。農薬を散布する産業用ヘリコプターだ。

陽翔が持っているラジコンヘリは確かに面白い。手のひらにも乗る室内用だが前後に動けるし、ホバリングもできる。LEDサーチライトも点滅する。ただ部屋の中でしか飛ばせないし、すぐに電池が切れてしまう。陽翔はそれでは物足りなくなっていた。もっと大きい、外で飛ばせるヘリが欲しいと思うようになった。

近くの中学校の横を抜けると、田んぼが見えてきた。

新潟平野には水田が広がっている。新潟市内だが、外れであるこの辺りには農家が多い。美しく育ったコシヒカリの稲はいずれ秋には穂を実らせるだろう。見渡すと、多くの水田にオレンジ色の旗が立っている。これは農薬を散布する水田であることを意味する。七月末の今が農薬を散布する時期に当たる。

「くそ。遅れちゃうぞ」

最近の農薬散布は有人ヘリではなくラジコンヘリによることが多いらしい。有人ヘリだと高いところから撒《ま》くわけで、無関係のところまで農薬が散布されてしまう危険が大きいからだ。その点、ラジコンヘリなら細やかな散布が可能になる。これが主流になって十年近いという。そう宗村は説明してくれた。

宗村の家までは結構ある。フルスロットルでこぐと汗が出てきた。陽翔は汗をぬぐうと、腕にはりついた蚊をパチンとつぶす。余計な殺生をしてしまった。

しばらくして宗村の家に着いた。百五十坪くらいの家で門と呼べるようなものはない。母屋に離れ、納屋もあってトラクターや脱穀機が見える。特別大きな家ではない。田舎なのでこんなものだろう。

　納屋の近くには三人ほどがいて、何か大きなものを軽トラに載せているところだった。

「おはようございます」

「ようハルトくん、来たのかい……今から散布に行くところなんだ」

　そう言いながら微笑《ほほえ》んだのは宗村だ。

　大きなメガネに海苔《のり》をはりつけたような眉《まゆ》毛が特徴の六十男。他の二人はずっと若い。宗村はウチとは違い兼業農家、こう見えても元警察官だ。とある事情で知り合った。ただし刑事とかではないらしい。まあそんなことはどうでもよい。陽翔の目は宗村ではなく、彼が軽トラの荷台に積み込んだ物体に向いている。

　見たこともない大きなラジコンヘリだった。

　ＣＤラジカセくらいかと思っていたが、ずっと大きかった。赤と白の機体は何度も使われているようで決して新しくはない。だが陽翔には輝いて見える。

「すげえ、マジででけえ」

　農薬を散布するこのヘリコプターは全長二メートル、重さ六十キロもあるらしい。中一の陽翔の身長より五十センチほど大きく、体重より十五キロ以上重い。とても持てそうにない。扉が開いて乗り込めるのではないかと思ってしまうほどだ。

「これ宗村さんが買ったの？」

「いいや。個人で産業用無人ヘリを所有している農家なんてまずないだろうよ。地主の楠木《くすのき》さんでも持っていないはずだ。まあ普通はJAに頼んでやってもらうんだが、ここら辺は集落営農をやっている。みんなでお金を出し合って農機具とかを共有するんだ。ヘリコプターもその一つさ。でもお金はそれなりに出さないといけない」

「何で農薬なんて撒くの？」

「この季節、多くの農家では農薬を散布して害虫の防除を行うことは知ってるだろ」

「確か主にカメムシ対策でしょ。あんなのヤバいんですか」

「正確には、この辺りではアカヒゲホソミドリカスミカメムシだ。こいつが米を吸引するとカビが発生する。斑点米《はんてんまい》が出来上がるんだ。正直なところ、斑点米だろうが味に影響はない。見た目だけの問題だ。それでも現実として問題はある。着色米が混じると、売買価格がガクンと下がってしまうからね。カメムシ対策は農家にとって無視できないことなんだよ……まあ君の親父さんに言わせると違うんだろうけどね」

父親のことを出されて陽翔は少し沈黙する。その様子を見て宗村はばつが悪そうに笑う。

「そろそろ行くか」

陽翔も大きくうなずいた。

軽トラは四人を乗せて水田へと向かう。陽翔は宗村と二人、荷台に乗ってラジコンヘリについて色々と講義を受けた。操縦には資格がいること、飛行計画書にのっとってちゃんと散布しないといけないこと、ラジコン操作は趣味ではなかなかやれないつらい仕事だということ――知らないことばかりで勉強になった。

やがて軽トラは水田へとたどり着く。陽翔は宗村たちがやっている準備作業を興味深げに見ていた。セルモーターを使っての動作確認、GPSの確認など色々あったが、陽翔が一番異様に感じたのは燃料を入れるところだ。ヘリの右側面にくまのプーさんが舐《な》めるハチミツのツボのようなものがついている。これが燃料入れだ。

燃料をラジコンに注入するということが妙に珍しかったのだ。陽翔が持っているラジコンヘリに燃料はいらない。おもちゃと機械の違いを感じた。音も全然違う。こっちはバイクのようにブオンブオンとかなり大きな音が出る。少し前にセルフのガソリンスタンドでガソリンを入れたのを思い出す。十五リットルという数値もこの前スタンドで入れた二千円分と同じくらいだ。

「合図マンは五百川《いおかわ》、お前さんだったな」

三十半ばくらいの男性が答える。

「あ、はい」

五百川と呼ばれた人は眠そうだった。彼は刑事。父親が宗村の同僚で、子供のころから付き合いがあるそうだ。農業とは無関係なのだが、何故か駆り出されている。通常、散布は一人ではやらない。無線などで連絡を取りつつ、数人で行う。少々離れていても操縦は可能だが、正確な状況把握のためには、電線などの障害物確認、風の確認など補助する人間が必要になるのだ。そういう人間は合図マンと呼ばれているらしい。「マン」がついていると、何となく面白い。

やがて五百川が無線でどうぞと連絡してきた。宗村はヘルメットをかぶった。

「ようし、そんじゃあ行くか」

プロポ（制御装置）を持った宗村が宣言し、ヘリのブレードが回転を始めた。

「うおお！」

陽翔は歓声を上げる。宗村は静かにヘリを発進させる。巨大な機体が重力に逆らって浮き上がった。ただし高度は低い。三メートルくらいだろうか。陽翔がいつも操縦しているSWIFTでもこれくらいなら上がる。もっとも上げようと思えばより高くまで行くのだろうが、能ある鷹《たか》は爪を隠すだ。

「これって兵器にもなるんじゃない？」

「はは、みんなそう言うんだよな。そうかもしれないけど、どうして有効利用を考えないかなあ。たとえば消火活動なんかに有効だろ？　消防士が行けないところに行って消火活動をする。可能性は無限大なんだよ」

「ねえ宗村さん、何回墜落させた？」

安定飛行に入ってから問いかけると、宗村は笑った。

「ゼロだよ……落としたらえらいことだ。こいつの値段、一千万円以上もするんだぞ」

「一千万？」

陽翔は素《す》っ頓狂《とんきょう》な声を上げる。予想していた値段とは桁《けた》が一つ違った。

「ちょっとだけ農薬散布の講釈をさせてくれ。ヘリはブレードが回転して下に叩《たた》きつける風が出るだろ？　これはダウンウォッシュっていうんだが、この風を利用して農薬を集中的に水稲に叩きつけるんだよ」

「へえ、そうなんだ」

「枕地《まくらじ》散布といって農道に沿って撒いていく。こうやって少しでも自分たちに農薬がかからないよう気をつけているんだ」

陽翔は感心しながら話を聞いていた。だが農薬を散布することに関心はない。あこがれはラジコンヘリ自体にある。その安定感に驚いた。産卵時のトンボのようにホバリングしている。すごい。普段遊んでいる室内用ヘリとはまるで違う。あれにもGPSが付いているが、陽翔は何度も墜落させている。宗村の腕がいいのか機体の性能か、三メートル上空に見えない線があって吊《つ》るされているようにさえ思える。そのラインをヘリはロープウェイのように動いていく。

見とれているうちに、外はすっかり明るくなっていた。

やがてヘリも戻ってきた。五百川と彼の後輩らしき刑事が、重そうにヘリを軽トラへと積み込んでいる。お疲れ様と言っている。終わったようだ。

陽翔はポットの様子を見る宗村に近づくと、帰ることを告げる。彼はにっこり微笑むと、軽く手を挙げて応じた。

「気をつけてな」

「うん、今日はありがとう」

積み込んできた自転車にまたがると、陽翔は一路、自宅へと向かう。太陽が昇り始め、東の空が赤い。腕時計を見るとすでに五時半を回っている。空気はいまだにひんやりしているが、もう朝だ。朝焼けの空ということは、今日は雨模様なのだろうか。

多くの水田にオレンジ色の旗が立っているのに、目の前にある合計三ヘクタールの水田にはオレンジ色の旗が立っていない。

途中で自転車の進路を変えた。

田んぼの真ん中にポツンと一軒の家がある。庭が広く、ビニールハウスや畑のある大きめの家だ。ただ普通の家ではなく、「ひまわり農場」という看板が立っている。ここはウチの農場だ。父さんはひまわり農場という農業ビジネス会社をやっている。会社といっても小さなもので、家族とアルバイトがいるだけ。ただの専業農家と変わらない。農場にはビニールハウスや畑の他、倉庫と事務所がある。トラクターやコンバインなど農機具が置いてあった。

陽翔が用のあるのは事務所だった。ここに住み込みでインターンシップをしている青年に用がある。昨日ゲーム機を借りる約束をした。最近寝るのが早く、忘れてしまっているのだろう。チャイムを鳴らすが出てこない。まだ寝ているのか。

陽翔はドンドンとノックした。だが、反応はない。仕方なく窓の外から寝室をうかがう。カーテンは開いていて、誰もいない様子だ。

「なんだよ、いないのか」

そういえば彼は最近、朝の間ジョギングしていると聞く。インターンシップにやって来る前はニートみたいなものだったのに、変わった。出かけてしまったのだろうか。

――仕方ない、帰るか。

陽翔は諦《あきら》めて自転車にまたがった。このひまわり農場から自宅までは三分ほどだ。歩いてもいける。陽翔はひまわり農場の水田のあぜ道を進んだ。この水田に農薬が散布されることはない。完全無農薬、父さんが手塩にかけて育てている。三ヘクタールの水田、その稲は決して美しい植えられ方はしていない、だが緑色の水稲もどことなく他の水田のものとは違うように自己主張をしている。その水田を見ながら、一度陽翔は自転車を停《と》めた。

あぜ道横の舗装された小道には軽トラックが停まっている。キャリイだろうか。よくある白い型だ。麦わら帽子をかぶった人物がいて、こちらに気づくと驚いたように軽トラに乗り込んだ。すぐに発進する。

――なんだよ、今の奴……。

不審に思った陽翔は自転車を停めると、あぜ道を少し進んだ。

さっきの人物がいた辺りには、どういうわけか浅く掘られた直径三メートルほどの穴が開いている。何のための穴なのか。今の麦わら帽子の人物は何をしていたのだろう？　そしてこちらに気づくとなぜ逃げたのか？　そう思いつつ何気なく田んぼを見る。そこに広がる稲は美しくはないが、それでも巨大な剣山のようにすっくと立っている。コシヒカリではない新しい品種の無農薬米が育ちつつあった。

その時陽翔は気づいた。青々と茂る稲に隠れ、あぜ道近くの溝に黒い影が横たわっている。初めは倒れた案山子《かかし》か何かだと思ったが違う。緑の剣山に刺さるようにうつ伏せになって男性が倒れて

いた。陽翔はあまりのことに言葉を失った。駆け寄って凝視する。動かない。死んでいる。嘘《うそ》だ
――その言葉が心の中で反芻《はんすう》される。目の前が真っ白になった。
陽翔は顔を上げる。朝焼けの新潟平野には山鳩だけが鳴いていた。

第一章　ひまわり農場

1

萬代《ばんだい》橋近くにあるハローワークから、一人の青年が出てきた。

ボサボサの髪に無精ひげ、サンダル履きに半袖Tシャツ、短パン。着ている服の合計額はサンダルを含めても五百円ほどだ。Tシャツとサンダルは百円ショップ。短パンは紳士服屋の入口に客寄せのために置かれていた安物だ。特にみすぼらしいのが百円ショップで買った無地のTシャツ。一回洗濯しただけで縮れてしまって、へそが見えている。鍛えていないたるんだ腹部がのぞく。

久しぶりに来たハローワークにろくな職はなかった。

あるのは介護や単純な肉体労働だけ。しかもすべて学歴不問……自分の能力を生かせる仕事はない。というよりそもそも能力自体がないのだ。逆境から這《は》い上がって成功をつかむたくましさなど自分にはないことくらいわかっている。

小山大地《こやまだいち》は二十九歳。いや、十日ほど前に三十歳になった。駐輪場に停めてあったオンボロ自転車に乗ると、酔っ払い運転のようにこぎながら郵便貯金のキャッシュコーナーに向かった。だが金は引き出せなかった。いつもなら生活費が振り込まれているのに、残高はまるで増えていない。

「くそ、マジで止めやがった」

三十になったら仕送りは止めますと実家から予告されていた。口だけかと思ったが、甘かったようだ。ホームレス同然のみすぼらしい大地に、新潟駅から歩いてきた若い女性の二人連れが嫌な顔をした。

――全部なくなっちまったな。

何故か笑ってしまった。キャッシュコーナーを出ると、自転車で新潟駅南口の通路を走った。カップルが楽しそうにイチャイチャしているのが目障りだ。金もないのにヨドバシカメラの前を通りかかったとき、声が聞こえた。

「ママあ、自転車に乗ってる人がいるよ」

「降りないと、危ないわねえ」

自転車通行をしないように呼びかける放送だ。実際、自転車で通行する人はたいていちゃんと降りている。自転車から降りてほしければ、降りて歩きましょうと直接言えばいいだろう。抵抗するように大地は降りない。

「ママあ、自転車に乗ってる人がいるよ」

「降りないと、危ないわねえ」

放送は、負けじとエンドレスに流れ続ける。こちらを嘲笑《あざわら》っているようだ。くそ……腹が立ってきたが、それが八つ当たりであることはわかっている。こんな思いを抱く自分をどうしようもなく惨めだと思う。

十八歳で、富山の田舎から新潟へ来たときはこうではなかった。

エリートではないが、それなりに希望に満ちた学生だったはずだ。それが怠けてしまった。青春を謳歌《おうか》したと言えば聞こえはいい。だがただ単にモラトリアムに逃げただけだった。遊ぶ裏でみんなちゃんと就職活動をしていた。大地も一応やったがそれは形だけ。やる気がないことは企業側にはバレバレだった。

実家は富山県の入善町《にゆうぜんまち》というところで農業を営んでいた。米作りが中心だが、入善はジャンボスイカで有名なところで、小山家でも作っていた。両親は跡を継いで専業農家になるように勧めた。だが大地は承諾できなかった。大学を一年留年して卒業してからもここに残った。経済学部卒だったので名目は公認会計士の資格を取るために勉強したい——こう説明すると親は金を出してくれた。狡猾《こうかつ》に親のすねをかじった。

当時は両親とも健在で姉もいた。大地一人に仕送りする余力はまだあったのだ。親はこちらが積極的に何かをやりたいということに弱い。田舎からでは予備校に通えないという理由で、新潟に残った。実家は今、農業はやっていない。父は死んだ。母も病気で倒れて、残る姉が農協で営農指導員をやっているだけだ。大地にできたことは家賃五万五千円のアパートから、二万円のボロアパートに移ることとくらいだった。

通路を南側に出ると、夕日がまぶしかった。新潟駅を赤く染めている。

新潟県の県庁所在地。新幹線の終着駅だというのに人は少ない。そんな人通りの中、南口通路に向かってくる一人の女性に気づく。

マタニティファッション。妊婦だった。小柄で三つ編みを後ろで束ねた姿に見覚えがあった。大学の漫画研究会にいた同学年の子だった。とびぬけた美人ではなかったが、サークル内では人気があった。大地もひそかに好意を抱いていたが片思いだった。

彼女はこちらに気づいていない。丸い顔に当時と変わらない髪型……少し疲れた様子だが、相変わらず可愛らしい。だが妊婦である以上、誰かのものになったということだ。心の奥がきりきりと痛い。彼女に未練があるからではなく、今の自分と比較したからだ。みんな社会に出ていく。普通に年を取り、家庭を持ち、やがて老いて死んでいく。そんな当たり前の人生から隔絶された気がしたのだ。

彼女はこちらを見た。大地はうつむく。大学時代はそれなりの容姿だったと思うが、ホームレス同然の自分を当時の小山大地とは思わないだろう。こんなどうしようもない姿を見られたくはない。

「小山くんじゃない？」

大地は思わずブレーキをかけた。少しだけ懐かしい包容力のある高い声。彼女はこちらに近づいてきた。かけられた声に止まってしまった以上、ごまかしは利かない。大地はよれよれのＴシャツを無理に伸ばしてへそを隠すと、ヒゲ面を彼女にさらした。

「富山に戻ったんじゃないんだ」

彼女はにこにこしている。大学時代と変わらず人当たりがいい。逃げられないなと心の中でつぶやく。こんな情けない姿も彼女になら見せてもいいかもしれない。大地は自転車から降り、ボサボサ髪をかき上げると、ふうとため息をついた。

「ねえ、今、何やってんの？」

問いかけに大地は視線をそらせた。

「……一応、公認会計士の勉強だよ」

「そうなんだ」

「こっちは予備校もあるからな」

「ふうん、小山くんって頭よかったよね。何か苦学生しちゃってるじゃん」

実際はもう、二年以上前に勉強は放棄した。元々強い意志に支えられた勉強ではなかったし、能力もなかったのかもしれない。精一杯の強がりだ。彼女はどういうわけか薄笑いを浮かべている。

「ああそうだ。また連絡するから携帯の番号だけ教えて」

そう言われて大地は口ごもる。

「どうかした?」

「ん、いや……何ていうか」

携帯はかなり前に解約した。少しでも節約するためだ。いや、正確にはそうではない。かける相手がいないからだ。大学時代の友人も、いつの間にかまったく連絡がなくなった。実家にはほとんど電話連絡はせずに文通のような恰好《かっこう》。携帯などなくとも生活に支障はない。

「ちょっと今、スマホに変える手続きしてるところでさ。いたずらが多くてついでに番号も変えるつもりなんだ」

「ふうん、わかった。それじゃあね……」

言い残すと、彼女は去っていった。

その小さな背を見ながら大地は思う。彼女は今、幸せなのだろう。彼女なりに不安や不満はあるだろうが、それはきっと今の自分からするとうらやましい悩みだ。人並みの幸せからあまりにも遠い。その上、今の会話で何度も嘘をついた。こんなになっても少しでも見栄《みえ》をはりたいのだ。

大地は自転車にまたがると、よたよたと走り始める。

女子高生の集団がすれ違うとき、こちらを見て、くすくすと笑っているのがわかった。このホームレスのような恰好がおかしいのだろう。よく考えると、さっき会った大学時代の知人も同じように思ったのではないか。いくらお人よしでも、あんな状況で公認会計士の勉強をしているなど信じるだろうか。携帯の番号を聞かれたが、本当に連絡したいなら自分の番号を言うだろう。からかわれたのかもしれない。

「ママあ、自転車に乗ってる人がいるよ」

「降りないと、危ないわねえ」

流れ続けるアナウンスに、うるせえ！　大地は叫んだ。女子高生グループが、こちらをじろじろと見ていた。

行くあてもなく、大地は夕暮れの中、自宅アパートを目指した。アパート近くの歩道橋を自転車を押しながら上っていく。別に今になって駅前の放送に従っているわけではない。疲れているだけだ。上りきると、大地は縦に三つ並んだ信号機を見つめる。赤、黄、青——雪が積もる面積を少しでも小さくする目的でこうなっているらしい。

アパートに帰るのが馬鹿らしくなってきた。

帰ってどうなる？　何がそこに待っている？　待っているのは可愛い恋人でもなければ、腹を割って話せる十年来の知己でもない。美少女ゲームと生ゴミだけだ。

「もう……死ぬか」

自転車のスタンドを立てると、欄干に手をかける。三十になったら自殺しようと決めていた。大地は欄干から身を乗り出す。ここから落ちれば死ぬだろうか。中途半端に命をとりとめ、下半身不随とかにならないだろうか。そんな逡巡《しゅんじゅん》が起こると飛び降りられない。いや……。

ここに至って初めて気づく。自分には初めから死ぬ気などないことに。三十になったら死ねばいという言葉でつらい現実から逃げていただけ。自分でリミットを決めて、そこまでなら生きられると設定していた。いわば時間、若さへ逃避していたのだ。もう三十路《みそじ》を迎え、自分は若くなった。若さというものに逃げ場は求められない。

どれだけ頑張っても、死ぬことなどきっとできない。初めからわかっていたのだ。大地は欄干にうずくまるようにへたり込んだ。歩道橋の上を何人かが通っていくが、誰も声をかけない。助けの手を差し伸べてはくれない。不良風の高校生数人が笑っているのが見えた。おそらくもう少しこのままでいると、連中は蹴《け》りを入れに来るだろう。

死ぬこともできずに大地はゆっくり立ち上がる。

恐怖だけに追い立てられている生活。抜け出したいのに抜け出せない。死にたいのに死ねない。そんな最悪の閉塞《へいそく》状況だ。つらい、死にたい……そういうことを前にネットに書き込んだら、迷惑をかけずに死ねという返事が続けざまに来た。

歩道橋の上をトンボが横切っていくのが見えた。シオカラトンボだろうか。大地は何気なくその様子を見つめる。どこに向かうのだろうか。自由なのは同じだがまるで違う。幸せのトンボ……そんな歌詞がふっと浮かんだが、すぐにどこかへ消えた。

アパートに戻ると、大地は駐輪場に自転車を停めた。

新幹線が近くを通っているこの辺りは古い家が多く、大地の住むアパートも昭和時代に建てられた今にも壊れそうな木造建築だ。大家は早く取り壊して新しいのを建てたがっているが、他の住人が居座っていてなかなかできないらしい。

重い足取りで二階へ上がると、二〇五号室の郵便受けには手紙が来ていた。

実家からだった。姉が現金書留でも送ってきたのだろうか。部屋の中に入るとすぐに手で封筒を破った。だが期待とは裏腹に封筒には便箋《びんせん》が一枚と、何かの地図が入っていた。

――大地くんへ。

わかっていると思うけど約束通り、もうお金は送りません。母は入院していますし、私もその世話と仕事で手いっぱいです。あまり突き放すとあなたが自殺でもしてしまうかもしれないと思って言えなかったけど、もう限界です。私たちがいけなかったんです。あなたを甘やかしてきたばかりに、あなたは人に頼ることしかできなくなってしまった。一人で何とかしてください――そう言いたいところだけれど、現実的には無理なんでしょうね、富山では求人は少ないです。まだ新潟の方がましでしょう？　そう思って色々調べてみました。同封した地図は、ひまわり農場という農業ビジネス会社のものです。新潟市内の外れにあります。水倉さんという方が社長で、無農薬の野菜や米を作っています。ここで働けるよう、こちらでも色々と手を回しておきました。あなたは農業なんてと思うでしょうけど、私はとても大事なものだと思います。ただ強制はしません。決めるのはあなた自身です。どうか後悔のないようにしてください。

小山　江美子

読み終えた大地は手紙を放り出して、床に落ちていたカップ麺《めん》の箱を蹴った。

万年床に横たわり天井を見上げる。結局は働けということか。わかっている。働くしか道がないことくらい。そして自分には自殺などできないことくらい。だから今日も嫌々ハローワークに行ったのだ。詳しく探したがこういう求人はなかった。きっとこのひまわり農場というのは、姉なりに必死で探してくれた結果なのだろう。

「お節介のつもりかよ」

大地はしばらく天井を見上げていたが、やがて起き上がって手紙を拾い上げた。姉の手紙ではなく、地図の方だ。ひまわり農場は新潟市内だが、かなり外れの方だ。しかも最寄り駅から車で二十分以上と書いてある。新潟大学からかなり南に行った水田地帯のようだ。農業ビジネス会社なんだから当たり前か。

封筒を拾い上げたとき、奥に何かがもう一枚だけ入っていることに気づく。

折りたたまれた一枚の千円札だった。おそらくはこれでひまわり農場まで行けということだろう。一万円ならともかく、これでは当座の生活費にすらならない。姉に連絡を取って助けてほしいと泣き言を言うか、ひまわり農場に行くかの選択を迫られたようだ。

日が暮れ、薄暗くなった部屋の中で大地は千円札に描かれた偉人、野口英世と見つめあっていた。彼も若いころは放蕩《ほうとう》息子だったらしい。農家の息子で跡を継ぐのが嫌で上京、自堕落な生活を送っていたという。

囲炉裏《いろり》に落ちて左手に大やけどをした話は有名だ。ハンデを負っていたために偉人にされやすかったのだろう。要するにキャラがあるとか美人すぎる何々――そんなレベルの話だ。本業とは無関係。結局、自分と違うのは才能を持っているかどうか、ちょびヒゲか無精ヒゲかだけだ。持つ者と持たざる者……。大地は右手で千円札を握りつぶした。野口英世を畳に叩きつけて踏みつける。

「誰が行くかよ、バーカ！」

美少女が描かれた抱き枕を抱えて、万年床にもぐり込んだ。何故か涙がこぼれてくる。これからどうしろというんだ？　まだ暗くなってきたばかりで眠ることもできない。大地は一時間ほど我慢していたが、腹が鳴った。どうしようもなく立ち上がる。アニメのフィギュアが下に転がる。くしゃくしゃになった千円札を広げた。

2

翌日、大地はJR越後線に乗っていた。

昼の十二時過ぎ。電車にはあまり客は乗っていない。十円玉を大量に動員して買った切符のおかげで、くしゃくしゃの野口英世は温存できた。だが帰りには消えているだろう。新潟を発した電車は田舎へと入っていく。新潟平野には水田が広がっていて、田植えが始まっているようだ。昔は親父の手伝いをしたな……ふとそんなことを思い出す。

結局、選択肢は一つしかなかった。姉に従うのは癪《しゃく》だが、こうするより他にない。目的地のひまわり農場は大地のアパートと同じで新潟市内にある。とはいえかなり離れていてとてもじゃないが自転車では行けない。いつもは昼過ぎまで寝ているので眠い。うつらうつらしていると、降車駅にたどり着く。暖気対策で手動式になっているドアを開けて大地は電車を降りた。

ここから先は歩きだ。駅の近くはさすがに家々が立ち並んでいるが、やがて集落は姿を消す。代わりに目に飛び込んできたのは田園風景だ。広大な新潟平野の田んぼには水がはられている。ただ五月のこの時期、まだ苗は伸びてはおらず、田植え以前の代《しろ》かきをする状態になっている。水のはられた水田にはアクのようなものが浮かんでいて、それがエスプレッソコーヒーのように少し泡立っている。

近くには牛か豚を飼っている農家があるらしく、堆肥《たいひ》の臭《にお》いが漂ってくる。田舎の香水というやつだ。大地はたまらずに鼻をつまむ。口で息をした。

駅から農場まではかなりかかった。タクシーならすぐなのだろうが、結局、四十五分くらい歩いてようやくたどり着く。農場は田んぼの真ん中にポツリとあって、三百坪くらいの大きさだ。飾り気もなく小さく「ひまわり農場」と書かれた看板が出ている。ここで働くことになるのか。周りは水田で、少し離れたところに集落が見えた。

大地はひまわり農場の門をくぐった。

敷地は農業ビジネス会社というほどには大きくない。三百坪ほどの土地にはビニールハウスに畑と、離れたところにらせん階段のついた事務所のような二階建ての建物もあった。

少し調べたが、ひまわり農場は「小昼《こびり》」という無農薬の苺《いちご》作りで有名らしい。社長の水倉という人が開発したこの苺は神の苺ともいわれ、高値で取引されているという。それだけでなく無肥料・無農薬で他の野菜も栽培し、米作りにも乗り出しているのだそうだ。

倉庫には農機具が幾つか置かれている。それほどの数はなく、大地の実家より少し多い程度だ。奥まったところにあるビニールハウスで誰かが作業をしているのが見えた。

彼はやや目つきが悪く金髪で元不良という風貌《ふうぼう》だった。白いタンクトップからはたくましい褐色の二の腕がのぞき、下はジーパンを穿《は》いていた。膝《ひざ》のあたりがわざとなのか破れている。やせマッチョというのか均整のとれた体をしていた。年齢はそれほど大地と変わらないように見える。よく見ると耳たぶにはピアスの穴をふさいだ痕跡《こんせき》がある。不良少年がそのまま年を重ねたという感じだ。

——元ヤンキーと一緒に働くのかよ、嫌だなあ……。

面接の予定は一時からだ。少し早いかなと思ったが、四十歳くらいの太った女性がやって来て声をかけてくる。日に焼けたまん丸い顔をしたおばさんだ。

「あなたが小山くん？　どうぞどうぞ、事務所に入って」

指示に従ってらせん階段のある事務所に入った。彼女に出されたほうじ茶を軽くすする。熱かったが、どういえばいいのか自然な感じのするお茶だった。

大地は事務所内を見渡す。何の飾り気もない部屋だった。農業ビジネス会社と自称するからにはもっと小昼を中心に宣伝のポスターが貼《は》られているのかと思っていた。普通の農家がプレハブ式の事務所を作ったというだけ。この事務所もたいして金はかかっていないだろう。儲《もう》かっていても必要最小限のものにしか出費はしないということか。

三分ほどして、一人の男性がやって来た。年齢は六十は過ぎているだろう。白いあごヒゲを生やしていて、奥目だ。頑固爺《がんこじじい》という風貌で、アルプスの少女ハイジに出てくるアルムおんじを連想させる。水倉なんとかという社長なのだろう。彼はあごヒゲを撫《な》でつつ、こちらを向いた。

「小山大地くん……だったか」

「あ、はい」

「じゃあ面接を始めようか」

「よろしくお願いします」

立ち上がって挨拶《あいさつ》をすると、彼も会釈した。コンビニで買った履歴書の志望動機には、実家が富山県の下新川《しもにいかわ》郡入善町で農業をしていて、日本の農業を復活させたいなどと思いもしない理由を書いておいた。社長は履歴書に目を通すと、テーブルに置く。顔を上げた。

「お前さん、三十になったばかりか……思ったより若いんだなあ」

老けて見えるのだろうか。大地は苦笑いを浮かべる。

「入善で農家か……」

「あ、はい。そうです」

「あそこはジャンボスイカで有名だな」

「ええ、わら縄で縛るんで俵《たわら》スイカって呼ばれているんです。うちも作っていまして、朝日スイカってのもあるんですよ」

ちょっとでもやる気を見せようと、スイカに関する知識をフルに動員した。

「ふうん、そうか」

社長の老人はそっけなかった。大地は無理に笑みを作り、同じ内容のことを言葉を換えて説明する。

「日本の農業を復活させたいって書いとるが、TPPについてどう思う？」

問われて大地は一瞬、答えに窮した。突っ込まれると困ってしまう。余計なことを書いたものだ。

だがなんとか答えをひねり出す。

「タイ米とかは味がアレでしたが、カリフォルニア米とかが安く入ってくると日本の農業は死んでしまいます。他の工業はよくても、農業のことも考えてほしいものです。農業の復活こそが日本の未来を明るくすると思います」

聞きかじりの知識を並べた。はっきり言って日本の農業など知ったことではない。だがそう言わざるを得ないだろう。大地の返答に、社長は口元を緩める。ただ満足したというより、どこか苦笑いのように見えた。

「お前さん、自然栽培についてどう思う？」

「それは……」

大地は言いよどむ。だが沈黙するのはまずいと思って口を開く。

「ウチでは農薬をいやというほど使っていました。これで大丈夫かと子供のころから思っていたんです。だから小昼に限らず、無肥料・無農薬で作っていくことはあこがれでした。農具も使わず自然のまま作っていくのは大変ですが、これからの日本に大切なことだと思います。先の地震はそれを教えてくれました」

不謹慎にも震災に助力を乞《こ》うた答えに、社長は苦笑して応じる。

「それは自然農法だわ……ウチは無農薬だが農機具は使う。トラクターもコンバインも。仙人のような暮らしというのはちょっと受け入れられんわ」

大地は言葉を失《な》くした。言い間違えましたと取り繕ったが、泥沼にはまっていく。

社長のこちらを見る目はそれから冷ややかになった。

こいつ何もわかってねえな――そんな感じだ。完全にばれてしまっている。アグリビジネスについては少しは知っている。だが基本がまったく分かっていない。そういえばさっき農機具を見たではないか。代かき、田植え用の機器が用意してあったではないか……大地は自分の馬鹿さ加減に腹が立った。逆切れという名の防衛反応が心の中で働いている。社長の質問は続いたが、大地は一つもまともに答えられない。

「何かあれだ……お前さん、全然知らないんだな」

社長はあきれ返っている様子だ。大地は開き直ってやる気なら負けませんと自己弁護しようかと思ったがやめた。本当にやる気があるなら、これくらいのことは知っていて当然――そう言われたら反論のしようがない。

大地は言葉もなくうなだれている。不採用になること自体に落胆はない。限られた選択肢の中で来ただけで元々やりたかったわけではないからだ。それよりこれからどうするという問いが頭の中で飛び交っている。もう貯金はない。富山に帰る程度の金もないだろう。姉に電話で泣きついて迎えに来てくれと懇願するしかないのか。

「まあウチも人手は足りんでのう。若いもんは必要なんだわ。明日から住み込みで毎日、秋まで働けるなら採用するがどうじゃ？　ここは一応アグリビジネスの会社じゃし、インターンシップということになる」

意外な言葉だった。採用？　アルバイトだと聞いていたが住み込みで働く……農業など自分の性には合わないと思うがどうすればいい？　ううん、どうせやることはない。住み込みなら食事とかは出してくれるだろうし……。

「あ、はい……お願いします」

「じゃあ決まりだ」

社長は笑みを見せた。履歴書をしまうと事務所を出ていく。

彼に続いて事務所の外に出ると、さっき見たヤンキー風の青年が田植え機をいじっているのが見えた。せわしなく動き回っている。おそらくは大地と同じように嫌々働かされに来ているのだろう。高卒だろうか。気難しそうな感じだ。こんな奴と仲良くやれるだろうか。

「社長、彼も住み込みなんですか」

青年の方を見ながら大地は問いかける。社長は口元を緩めた。

「お前さん勘違いしとるようだが、わしは社長やない。名乗るのを忘れていたが、経理をやっとる前田周作《まえだしゆうさく》いうもんだ」

「えっ、そうなんですか」

前田は田植え機の修理をする金髪の青年を指さした。

「彼がここの社長、水倉陽太《ようた》だわ」

大地は言葉を失う。こいつが社長？　小昼を作った天才だというのか。水倉はこちらに気づき、しばらくじっと見つめていた。大地は水倉の目に射すくめられたように動けなかった。黒目が少なく一重瞼《ひとえまぶた》。細く高い鼻梁《びりよう》にややこけた頰《ほお》は決して青年実業家という雰囲気ではない。本当にこの青年がそんなにすごいのだろうか。

「水倉くんはわしの娘婿なんだわ。東京農大卒で研究機関に入っておった。農地は持っておらんかったもんで、わしが貸しているわけだ」

「そうなんですか」

「じゃあ明日からよろしくな」

それだけ言い残すと、前田は帽子をかぶってどこかへ行ってしまった。少しでも時間が惜しいという感じだ。

予想外の展開で採用が決まった。これでよかったのだろうか。

駅まで歩くと、狐《きつね》につままれたような思いで大地は電車に乗った。野口英世はついに小銭へと姿を変えた。電車賃を考えると、今日はカップ麺になるだろう。いや、百均で売っているパスタを茹《ゆ》でてシソふりかけでもかけて食べるか。まるでどうでもいいことを考えていると、腹がけたたましい音を立てて鳴る。窓際の女子高生がくすくすと笑っていた。


翌日、再び大地はひまわり農場へやって来た。

スポーツバッグを持ってきたが、荷物といってもパソコンとニンテンドーDS、簡単な着替えしかない。引越しにはお金や時間がかかるから、それは後回しだ。

事務所に向かうと、太ったおばさんがやって来た。

「採用、決まったみたいね」

「あ、よろしくお願いします」

立ち上がって大地は答えた。

「あたしは水倉の家内、菊子《きくこ》っていうのよ。よろしく」

「えっ、奥さんだったんですか」

大地は驚いた。水倉はまだ三十前後に見える。一方、彼女は四十くらいだろう。男女の年齢が逆ならわかるが、姉さん女房ということか。

「え、なに……妹にでも見えた？　残念だけどどっちも三十七よ。大学の同級生だったの。美男美女の夫婦って昔からいわれてるわ」

「そう……なんですか」

大地は言葉を濁す。水倉は精悍《せいかん》で若い。ヤンキー風だがイケメンといえなくもない。ただ失礼ながら水倉の妻、菊子は日に焼けていて、まん丸い顔。鼻も団子のようで、唇が厚い。キン肉マンを連想させる。愛嬌《あいきよう》はあるが美人とはいい難い。

「じゃあ小山くん、こっちへ来てくれる。あなたの部屋に案内するから」

よくわからないままに、大地は菊子の後に続いた。巨大な尻が揺れている。割烹着《かっぽうぎ》を着た彼女は事務所の奥に向かった。外にらせん階段がついていて二階にも行けるが、誰も使っていないようで階段は赤錆《あかさび》だらけだ。

「そこの引き出しの服、適当に着て。主人や父のおさがりだけど」

言われて大地は服を脱いだ。居間の引き出しには服が何着か入っている。すべて飾り気がない実用的なものだ。大地はTシャツにジャージを着た。

「着替え終わりました」

「オッケー、農業マンらしくなってきたぞ」

今度は風呂場に案内される。

「ここは主にシャワー室になっているのよ。重労働だし、主人が使っているわ」

シャワー室は綺麗《きれい》だった。ボディーシャンプーなど色々置かれている。

「あたしも時々使うけど、のぞいちゃダメよ」

大地は苦笑する以外になかった。

それから二人は外へと向かう。質問はないかと彼女は言った。大地の問いに菊子は答えていく。

ひまわり農場は元々菊子の実家、前田家の所有で、十年以上前に水倉が借りて農業を始めたのだそうだ。水倉は知識はあっても農業をやる場所がなかった。逆に前田家は先祖の土地を管理していくのが大変だった。そういう二人が出会って始まったのだそうだ。

「あごヒゲのおじさんがいたでしょ？　あれがあたしの父よ。ウチの主人のことを前からすごく買っていてね。経理は父、流通販売はあたしがやっているの。農作業は主に主人、あたしたちはその手伝いね。ここで働いているのは主人とあたし……あとは陽翔っていう十二歳の息子とポンちゃんって犬が一匹」

「じゃあひまわり農場は農作業、水倉社長一人でやっているんですか」

「まあ、そういうことになるわね。でもさすがに大変で……」

意外な答えだった。小昼の生産が夫婦だけで行われているとは思わなかった。野菜や米作りもやっているようだしどれだけ働いているのか。

奥まったところにあるビニールハウスで小昼は作られているらしい。もう春は終わったが、クリスマス商戦もある。どうやって作っているのだろう。そちらの方を見ると、メガネをかけた中年男性が土下座していた。その横では水倉が迷惑そうに頭を掻《か》いている。

「また鶴巻《つるまき》さんが来たのね……困っちゃうわ」

　菊子はそうつぶやく。鶴巻という男性は必死で何かを頼み込んでいる様子だった。大地はどうしたのかと菊子に問いかける。

「あの人、脱サラして農業始めたのはいいんだけど、なかなかうまくいかないらしいのよ。だから主人のところに何度もやって来て苺の作り方を聞いていくわけ。主人も教えてあげているみたいだけど、うまくいかない様子ね」

「教えるんですか？　企業秘密じゃなく」

「ある程度はね……でもみんな失敗しちゃう。主人のようには作れないようね。小昼は今のところ主人の最高傑作だし」

　作り方を教えてもできない……うわさ通り水倉という人物は天才のようだ。ただ大地は土下座する鶴巻という男性の方にどうしても情が移ってしまう。四十半ばというところか。十数年後の自分を見ているようだ。

　二人はやがて農機具が置かれた倉庫へ来た。

「じゃあ小山くん、さっそく実習を始めるわよ。あなたに苗代作りを教えるように主人から言われてるし」

「苺じゃないんですか」

「うん。小昼じゃなく米作りよ。こっちがメインだし。それに農業の基本はやっぱ米作りになるわ。

その中でも苗代は重要。苗は買うもんじゃない。昔っから苗半作《なえはんさく》いう言葉があって、これから始めないとダメ。しっかりやってね」

連れていかれた先には、小さな田んぼがあった。田打ち、水はりは済んでいて、田面《たづら》を平らにする作業段階に入っている。これくらいは一応、農家の息子なのでわかる。ハローを使えばここからの作業はすぐにできるだろう。

「ほい、これで田面ば平らにするの。田植えは如何《いか》に平らな田んぼを作るかが勝負。トロトロ層がちゃんとできないと、どうしようもないから」

手渡されたのは長い柄の先に横板のついたT字形の農具だった。

「この田面を平らにしておかないと田植えをしてからうまく育たないのよ」

大地は言われるままに農具で平らにしていく。

「そうそう、その調子ね」

思った以上に時間がかかる。菊子は見ているだけで手伝おうとしない。一時間以上やっていると腰が痛くなってきた。まだ三分の一も終わっていない。

「それじゃあ全部やっておいてね」

途中で菊子はどこかへ行ってしまう。

「全部……ですか」

大地は何度も休みつつ、田面を平らにしていく。ハローを使えばすぐに平らにしてくれる。何で機械を使わねえんだよと思いつつ、作業を続けた。

「くそ、やってられるかよ」

やがて日が沈み始めた。大地は半ばやけ気味になって作業を進めていく。久しぶりの肉体労働ということもあってくたくただ。結局、田んぼを平らにする作業は五時間ほどかかった。菊子が戻ってきて、疲れ果てた大地に優しく声をかけた。

「ご苦労さんだったわねえ」

泥の付いた手で汗をぬぐうと大地は答える。

「へとへとですよ」

「次は根切りネット敷いて、苗箱並べよっか」

大地はあんぐりと口を開けた。作業はまだまだ終わりそうになかった。


その日、仕事がすべて終わったのは夜十時過ぎだった。

泥と汗を落とすべく、大地はシャワーを浴びる。腰が痛い。腕もジンジンしている。日ごろ使わない筋肉を酷使したせいだ。なんてことだろう。毎日この調子でこき使われるのだろうか。慣れてくれば少しは楽になるだろうが、慣れたら慣れたで、より厄介な仕事を押し付けられそうに思う。こんな肉体労働は俺には合わない。

シャワー室から出ると、着替えてから自転車に乗る。夕食は水倉家まで出向いて食べないといけない。菊子に渡された地図を見ながら、田んぼをよたよたと進んだ。中学校の横を抜け、集落に入るとすぐに見つかった。

チャイムを鳴らすと、元気のいい声が出迎える。

「はあいお疲れ様……夕食よ」

「ああ、すみません」

「本当はもっと早く終わると思ってたんだけど、意外にてこずっちゃったみたいね」

言われるままに大地はテーブルに腰かける。運ばれてきたのはサラダとビーフシチューだった。

大地は料理をむさぼるように食べる。うまいの一言だ。トマト、レタス、キュウリ、トウモロコシ……野菜も新鮮で生き生きとしている。デザートとしてコンデンスミルクのかけられた小昼も乗っている。

「おいしいでしょ？　全部ひまわり農場で作ったのよ」

「ええ、本当にうまいですよ」

食材がいいのか、料理がうまいのか、疲れ切っていたからか……おそらくそのすべてが正しい。こんなにうまい夕食は初めてかもしれない。特に感じたのは米だ。何というかそれまでの米が食べられなくなるほどにうまい。

大地はお代わりをしてすべてを胃の中に収めた。食べ終わると、ひまわり農場へ向かって自転車を走らせる。

部屋としてあてがわれた建物の居間には、布団が敷かれていた。完走したマラソンランナーがくずおれるように、大地は布団の上に崩れる。しばらく天井を見上げて考えた。

まさか昨日の時点ではこんなことになるとは思いもしなかった。

この農場の規模からすると、確かに人手は足りないようだ。若い労働力は社長の水倉一人なのだから。それにしても水倉陽太——あの若い社長は異彩を放っていた。すべてを無肥料・無農薬で作り出し、新しい品種にも挑戦する鋭才——気難しいヤンキーのような風貌からは想像もつかない。どんな男なのだろうか。わからないことが多すぎる。

ただこの疲れは心地いい。こんなにへとへとになるまで働いたことはいつ以来だろうか。毎日疲れ果てるまで働き、うまい料理を食べられることの幸せを感じる。これで愛すべき妻でもいれば何の文句もないだろう。だがそんな未来図を描くのは楽観的すぎる。失敗ばかりの人生で、いつの間にか物事を悪く考える癖がついてしまっていた。

「ただ……今は眠い」

あくびが出た。午後十時四十五分。いつもは夜三時くらいまで起きているが、心地よい疲れに抱かれるように大地は眠りに就いた。

3

翌朝、大地は自然に目が覚めた。

午前六時。まだ外はうす暗く、鶏が鳴いている。大地は伸びをする。意外と疲れはなかった。ぐっすりと眠れたからだろう。外に出てみると空気がひんやりと澄みきっている。深呼吸をした。心地よい疲れもそうだが、空気の味もうまい。都会のごみごみとした雑踏の中ではとても感じられない。水倉のやっている自然栽培もできるだけ自然を生かした農業ということなのだろう。

「あれえ、叩き起こそうかと思ってきたのに起きてたんだ」

気づくと農場入口に水倉菊子が立っていた。

「おはようございます」

「朝ごはん準備できたから、家に来てよ」

大地は後に続いて水倉家へと向かった。それほど大きな家ではなく、二階建てで犬小屋があった。大地を見るとポンちゃんという黒い柴犬は親の敵でもあるかのように吠《ほ》えたてた。

朝食のテーブルには、野菜が盛りだくさんだった。味噌汁においしそうに焼けた目玉焼きもある。だがメインは米だ。昨日の夜に食べた白米が忘れられない。テーブルにはすでに菊子の父、前田周作が腰かけている。

「よう、おはようさん」

白いあごヒゲの前田はニコニコしていた。

「おはようございます。よろしくお願いします」

主人である水倉はいない。どうしたのかと問うと、菊子は答えた。

「いつもはあの人も一緒なんだけど、仕事で色々あるのよ」

席に着くと、食事を始めた。野菜もそうだが、米は本当にうまかった。昨日と同じだ。米の種類を言い当てられる自信はないが、この米だけは別だ。菊子の炊き方がうまいのかもしれないが、米粒一つ一つが呼吸しているようだ。

「これコシヒカリですよね？　やっぱり本場、新潟平野で穫《と》れた米はうまいです」

だがその言葉に前田は首を横に振った。

「ここいらは本場じゃねえって。うまいのは村松や魚沼《うおぬま》……山の近くだな。水が違う。雪解け水に含まれる養分が川の水に混ざるんだわ。寒暖の差があるとこでないと普通、うまい米はできねえんだ」

「そうなんですか」

「ああ、ただ魚沼とかだって最初からうまい米が穫れていたわけじゃない。湿地の干拓や治水ができていなかった時代、新潟の米は『鳥またぎ米』っていわれていたんだ」

「何ですか、それ」

「鳥さえまたいで通るまずい米って意味だ。コシヒカリは魚沼や長岡の人々の努力の結晶だ。それにお前さんが今食べているその米はなあ、コシヒカリじゃねえんだな。去年から陽太くんが作り始めた新しい米だわ。もちろん完全無農薬米だ」

「そうなんですか。無茶苦茶うまいですよ」

「新潟のお米がおいしいのは肥料や農薬をあまり使わず、自然を残しているからなのよ。ウチの人はその発想を推し進めて新品種を開発してる。大事なのは水と土……魚沼や村松のコシヒカリを超えてやるってあの人頑張っているから」

菊子が満足げに答える。大人になったヤンキーのような水倉の姿が浮かぶ。彼はそんなにすごい人なのだろうか。

「あたしは主人が作った米の粉を使ってお米パン作っているけど。コメスティックって名付けたわ。ファーマーズ・マーケットで売っているんだけど、これも好評よ」

やがて寝ぼけ眼をこすりながら少年がやって来た。陽翔とかいう子だろう。目元が水倉によく似ている。大地に気づくと、わざとらしく驚いた表情を浮かべる。菊子に挨拶しなさいと言われ、少年はハルトと名乗った。

「小山くんは富山出身で新潟大でてるのよね」

菊子は問いかけてくる。大地は自分の経歴についてしゃべった。

「……そういうわけで富山には戻らず、公認会計士を目指していたんです」

「じゃあ要するにニートだ」

陽翔が突っ込む。ませたガキだ。しかもズバリと核心をえぐってくる。だが子供に怒るわけにもいかず、大地は苦笑いを浮かべる。

「ところで俺、今日からは何をすればいいんですか」

味噌汁をすすりつつ、大地は菊子にそう訊《たず》ねた。だが答えたのは前田の方だ。

「米作りだ。昨日はちっちゃい田んぼだっただろう？　でもウチ、合計三ヘクタールもあるから大変なんだわ。他の野菜もあるし。陽太くんは農作業だけやってるわけじゃない。土や新しい品種の研究してるからなあ。多分平均して三時間くらいしか寝てないんじゃないか。だから若い労働力はすごく欲しいんだわ」

「何故、俺が採用されたんですか」

問いかけに、前田はううんとうなった。

「名前が農業っぽいからな」

よくわからない答えだった。菊子が次に口を開く。

「あなたのお姉さんに頼まれていたのよ。何とかしてやってくださいって」

やはりそうか……大地は心の中だけで舌打ちをした。

「ああ、そうそう、名前っていえばあたしが小昼の命名者なのよ、ウチの人って研究心や実行力はすごいのに、こういう才能はからっきしだし……今はこの新しい米の名前を考えているのよ」

「そうなんですか」

「お代わり！」

茶碗を差し出す陽翔に、菊子はご飯を盛ってやる。陽翔は味噌汁をぶっかけるとおいしそうに食べる。

「そういえば陽翔でハルトって読むって変わってますよね」

「そうかしら、同級生で同じ名前の子もいるのよ。いつも紛らわしいって言われてるし」

「最近の子の名前はこういう感じだわ」

前田も続いた。さらに食べ終わった陽翔もダメを押す。

「ハルトって多いんだぞ。それにニートよりはましだろ」

集中攻撃に、大地は黙らざるを得なかった。

「ようし、食い終わったな。そんじゃあさっそく代かきに行くぞ」

大地は茶碗に注《つ》いだお茶を飲みほした前田の後に続く。頑張ってねという菊子の声が聞こえる。ひまわり農場の倉庫のシャッターを開けると、トラクターやハローがあった。

「お前さん、トラクター乗れるか」

前田の問いに大地は首を傾《かし》げた。乗れるわけないだろう。親父の手伝いをしていたのはもう十五年以上前だ。覚えているのは道路を走るときは運転免許が必要だが、それ以外はいらないということ。ペーパードライバーもはなはだしく、正直、自信がない。そのことを告白すると、前田は答えた。

「なんでえ……ったくしょうがねえなあ」

そう言って前田はトラクターに乗り込む。ロータリーを取り換えたとかよくわからないことを言っている。二つあるブレーキペダルを空ふみしていた。

「基本は自動車と同じだ。けど見てのとおりブレーキペダルが二つあんだろ？　こいつは右と左の車輪に別々にかけるようにするためだ。変速レバーも主変速と副変速に分かれている。違うっていやあ、このデコンプレバーもだな……まあやりながら覚えるしかねえか。教えてやっから見てろや」

そう言いつつ、前田は燃料コックを開く。よくわからない作業をしていた。

「クラッチを切っとかねえと、エンジンはかかんねえからな。もちろんそれだけじゃダメだ。最初はこの予熱スイッチを入れて、グロープラグをヒートさせんだよ……そんでエンジン、セルモーターに優しくな。暖機運転も忘れんなよ。それと今はいいがエンジンオイルやファンベルト、グリスもちゃんと確認しとかないといけねえ」

　言っていることは意外に難しかった。大地がトラクターを運転したときは、親父がこういう作業はすべてやってくれていた。大地は上に乗って運転するだけだった。トラクター運転といっても簡単ではないようだ。

　にやりと笑うと、前田はトラクターを発進させた。

　トラクターは舗装された道路をノロノロと進んでいく。ある程度代かきは進んでいて、まだやっていないところまで前田は進む。その後を小走りに大地は進んでいく。

「ここがウチの田んぼだわ。ちょっと高低差があるから進入する際には気をつけろよ。轍《わだち》ができるし、後で直しとかんとな」

　そう言いつつ、前田のトラクターは田んぼに進入する。変速レバーで回転数をチェックしつつ、耕作を開始した。わけのわからない鼻歌が漏れ始める。田んぼの端まで行ったときに、前田は声量を上げた。

「ここがポイントだ。ロータリーを上げて旋回するんだが、さっき説明した二つのブレーキのうち一つを踏むんだ。これで素早くターンができる」

　前田のトラクターは田んぼの端をかすめるようにくるっと回った。さすがに手慣れたものだ。しばらく作業をしてから大地と交代する。

　久しぶりの運転で手間取ったが、クラッチを踏み込んでからは感覚がよみがえってきた。親父にうまいもんだと褒められたのを思い出す。大地は少しいいところを見せようと、前田がやったように田んぼの端まで行って右ブレーキ。うまく旋回することができた。

「ほう……やるじゃねえか」

　前田は感心した。小気味よい振動を感じつつ、大地は作業を続ける。この振動も懐かしい。感覚がかなり戻ってきた。昨日やった手作業とは大違いの楽な作業だ。しばらく耕作すると、前田が声をかけてきた。

「おい、油断すんなよ。トラクター運転中の一番の敵は眠気だ。この独特の振動が眠気を誘発するんだわ。特に飯食った後はヤバいからな。不眠症の奴はトラクターで眠ればええと思うくらいだ。ゆりかごとか改名して売り出すべきだな」

　大地は微笑みつつ、手を振って応じる。

　調子に乗って他の田んぼもやってやろうとあぜ道に向かいかけたとき、トラクターが滑って倒れかけた。前田が必死で支えて何とか事なきを得る。

「あぶねえぞ。今までもこいつがこけて何人も死んでるからな」

「調子に乗っちゃって。すみません」

「気ぃつけな。このトラクターは陽太君が来る前からわしが使っとるやつなんだ。あとの機械はヤフオクとかで安く娘が買《こ》うたもんだ」

「そうなんですか」

「自然栽培っていっても機械は使うからな」

「それにしてもこんな機械があるのなら、昨日もこれでやればよかったのに……やっぱりあれは農業の基本を俺に教えるためですか」

「いや、あれは単に菊子がお前さんをいじめたかっただけだろ」

その言葉に大地は苦笑する。

「それにトラクターは何台もねえし、狭いとこには入れねえからな。お前さんにはこの後、細かい田んぼを昨日の要領で代かきしてもらう」

結局やらされるのか……。ため息が出そうだったが体勢を立て直し、他の田んぼを耕し始めた。

だがその時、前田が大声を出した。

「おい停めろ、ストップだ」

慌てて大地はブレーキを踏む。前田は長靴で大地の前を進んでいく。何かを拾い上げた。長い紐《ひも》状のものだ。どうしたのだろうか。

「自転車のチェーン……ですかね」

大地の問いに前田は即答しない。声が漏れたのは、しばらくしてからだ。

「ひでえことしやがる。こんなもんが巻き付いて機械が壊れでもしたら」

「えっ、まさかそれってわざと」

大地の言葉に、前田は黙ってうなずいた。そのままチェーンをじっと見つめている。どういうことなのだろう。確かにこんなもの田んぼに捨てていくものではない。前田からはそれまでのニヤニヤした表情が消え、眼光が厳しくなっている。

「嫌がらせされたということですか」

「ああ……」

水倉は成功者だ。ねたみも買っているだろうことは想像に難くない。しかし田んぼに自転車のチェーン……誰がやったのだろうか。こんなものからは足はつかないだろうし、警察に届けても相手にはしてもらえまい。

「なあお前さん、村八分って知ってるか」

こちらを向くことなく、前田は問いかけてきた。大地は小さくええと応じる。それくらいのことは知っている。仲間外れにされるということだ。

「でも古い時代のことでしょう?」

前田はかぶりを振った。

「村八分が昔のこと? アホ言うな、今でもあるわ。平成に入ってからもそういう訴訟は起きとる。それにウチ……いやひまわり農場はまさにそれなんだわ」

「えっ……」

しゃがみ込んでいた前田は、チェーンを持ったまま立ち上がる。広大な新潟平野を見渡した。

「それまでは農機具も貸してもらえたんだが、貸してもらえんようになった。水もな……用水がもらえんから夜中にこっそり分けてもらっている。今ではそれ以外にも何だかんだと嫌がらせが相次いどるよ」

「何故なんですか? そんなにねたみの感情が……」

「色々な要素が絡みあっとる。一番は陽太くんやわしがやろうとしとることだろう。面接の時に少し聞いたが、わしらはTPPに反対しとらんのだわ」

「賛成なんですか」

前田は忌々《いまいま》しげにチェーンを眺めている。

「そういうわけでもないんだ。ようわからんというのが正直なところ。TPPが農家にとって不利益になることは間違いない。自由化され安い米が入ってくれば、日本の米は買われなくなってしまう。けど日本全体のためを考えると仕方ないのかもしれん。ただTPPに入ろうが、大規模農場で外国の米をはるかに凌《しの》ぐ米を作れれば生き残れる。コストも安くなるからな。だからひまわり農場は、巨大化を目指しているんだ。わしも陽太くんが作った新しい米があれば、大丈夫だからみんなでやろうって説得に回っている。それが逆に反感を生んでいるんだろう」

前田はトラクターをポンポンと叩いた。

「ただ問題なんは今の日本の農業構造そのものなんだわ。JAを中心としたこの農業体制にこそ問題がある。JAは色々世話を焼いてくれる。農機具や肥料、種子、販売ルートまでな。けど逆にそれが食わせもんだったんだ。戦後、日本の農業が地に落ちたのは農家がJAに依存しきって努力をやめてしまったから、つまりはみんなが考えないようになってしまったから……わしはそう思っておるよ」

大地の実家もJAの世話になりっぱなしだ。色々と助けてもらっている。だがそれは見方を変えるとそういうことなのだろうか。確かに農協改革というのは父が生きていたときから言われていたことだ。それに合わせてみんなで頑張ってきたように記憶している。母などは営農指導員として働いていたし、悪いように思ったことはないが……。

「伝統が大切なのは、その伝えられてきたことにちゃんと深い意味があって、その意味を各人がきちんとわかっていてこそだろうにな。昔からそうなっとるといって考えなくなるのは最悪だ。創意工夫を忘れて伝統をひたすら守り続けるだけではいかん。それなのに伝統だけを切り離して美化する風潮があるから困ったもんだわ」

鼻息の荒い前田は、汚れた手で鼻の下をこする。

「まあ、これはわし個人の意見だからな。あんまり気にしなさんな」

少しトーンダウンした。前田はチェーンをトラクターに積み込む。

「ほれ、どいたどいた……休息は終わり、お前さんはあっちだ」

追い出されるように大地はトラクターを前田に明け渡す。

案内された田んぼは狭く、いびつな形をしているのでトラクターは使えないらしい。田んぼを平らにする作業が始まる。大地は昨日と同じ要領で長い柄のT字形の道具を使いつつ、作業を始めた。日が高くなっても、代かきの作業はそれからも長い間ずっと続いた。


午後一時過ぎ。一応のきりがついて大地は事務所に戻った。

事務所から中年男性が出てきてすれ違う。鶴巻という苺作りをやっている男性だ。とぼとぼと引き返していくところだった。

事務所には菊子がいて昼食を用意してくれていた。

「ああ小山くん、食べたら片付けはお願いね」

すぐに彼女は出かけていく。大地は彼女が作っておいてくれたスパゲティを食べる。パスタは普通の安物スパゲティなのだが、中に入っている野菜が豊富で、普通のスパゲティとはまるで違う。おいしかったのであっという間に平らげた。

仕事は二時から再開するという。大地は汗まみれ泥まみれの服を脱ぐと、一度シャワーで汗を流す。洗濯物を洗濯機に入れた。外には日差しをいっぱいに浴びて、作業着やジャージなどが干されている。いい匂いがした。

それにしてもひどい嫌がらせをする奴がいるものだ。ひがんでいるのだろうか。ただ自分も大差ない。つい先日、楽しそうに談笑するカップルにいらつき、大学時代に好きだった彼女が妊娠していたことに嫉妬《しっと》を覚えた。自分が努力しないことを棚に上げて。そういう感情が根底にはあると思う。きっと根は同じだ。日本の農業構造がどうとかいうより、これはきっともっと根源的な成功者をねたましく思う心のなせる業《わざ》なのではないか。

その時、電話が鳴った。事務所の電話だ。

水倉はどこへ行ったのかわからず、前田も一度家に戻った。さっき菊子も出かけたようだし誰もいない。勝手に出ていいのだろうかと思ったが、仕方なく大地は受話器を上げる。

「はい、ひまわり農場ですが」

相手は答えない。しばらく無言だった。大地はどちら様ですかと問いかけるが、答えない。

「あの、何でしょうか」

「……調子に乗んなよ」

つぶやくような、押し殺した声だ。

「今はみんなで一致団結すべきときだ。水倉お前、一人だけいい恰好しやがって……お前のとこはよくても他は迷惑するんだ」

「あの……」

「大規模化したら生き残れる？　アホ言うな。そんなに簡単なもんじゃないだろ。農業ビジネスだなんだと綺麗なイメージばっか押し付けよって。幻想はいらねえんだ。お前、いい加減にせんと殺すぞ」

電話は切れた。大地はしばらく受話器を戻すことなく呆然《ぼうぜん》としていた。相手はこっちの正体、新しく住み込みで働き始めた人間とは知らないのだろう。事務所には菊子と前田くらいしかいないわけで、若い声を水倉社長と勘違いしたのだ。

「あれ、電話だったの？　小山くん」

菊子が戻ってきた。大地が今の電話のことを伝えると、彼女は関心なさげに、ふうんと言うだけだった。どうやらこういうことは日常茶飯事らしい。

「殺すぞとか言ってましたが、大丈夫ですかね」

大丈夫よと笑って菊子は相手にしない。

「TPPのせいでみんな殺気立っているんでしょうね。それに新しいことをやろうとすると、ねたみも増えるのよ。まして主人は元々、この辺りの出身じゃない。燕《つばめ》市の方、山間《やまあい》にある小さな村の出身なの。無口でよそ者でしょ？　誤解を受けちゃうのよ。でもいちいち気にしていたら農業ビジネス会社なんてやってらんないわ」

「そんなもんなんですか」

　昼休みが終わり、仕事が再開された。

　大地は日除《ひよ》けの編み笠《がさ》をかぶって、代かきを始めた。さっきの田んぼは一応終わり、別の狭い田んぼへと向かう。午前中だけでもすでに疲れている。またへとへとになるまで働かされるようだ。幾ら食べ物がうまいといってもそれだけでは割に合わない。

　近くの田んぼでは金髪の男性がトラクターで代かきをしている。水倉だ。涼しい顔で作業をこなしていく。何度見てもただのヤンキー崩れにしか思えない。彼とは話をしたことがないが、どういう人物なのだろう？　さっきの脅迫電話は何だったのだろうか。確かに菊子の言うとおり、新しいことは反発を招く。とはいえ先の見通しが暗い農業をビジネスにすればうまくいくというのは、楽観的すぎるようにも思う。夢が好きな国民向けの綺麗事《きれいごと》に映る。

　一度作業の手を止めた大地は、トラクターの水倉のもとへと向かった。よく考えてみれば社長にまだ挨拶をしていないのだ。あぜ道の辺りからトラクターに声をかけた。

「どうも、水倉社長……」

　聞こえなかったのだろうか。水倉は無反応だ。

「社長、昨日から世話になっている小山です」

　水倉はトラクターを一度停めると、こちらを見た。

「挨拶はいいから手を動かせ」

初めて漏れた言葉はつっけんどんなものだった。そんな言い方はないだろう。内心むかつきながらそれを抑えつつ、言葉を発した。

「小昼、すごくおいしいですよね……新しい無農薬米も。コシヒカリ以上じゃないですか。社長のこと、天才だってみんな言っていますよ」

おべっか交じりの言葉に水倉は黙っていた。嬉《うれ》しそうな表情も見せず、下を向く。どうかしたのだろうか。だがすぐに顔を上げる。

「……終わったのか」

「はあ？」

「義父《ちち》から作業をしろって言われているだろ？　代かきは終わったのか」

「まだですが」

水倉はさっさとやれと上から目線で睨《にら》んできた。大地は腹が立ってしばらく沈黙した。いくら社長でもこんな態度はない。

それに採用といっても秋までの契約だ。食事や最小限の生活費は出るが給料などはなく、その後は期限が来たら決めるということだった。この農場では米を作っているわけで収穫までということなのだろう。だがその期限が来たら俺はどうなるのか。インターンシップの名目で半年間こき使われ、あとはハイさよならとなるのではないか。将来の保証などどこにもない。農業ビジネス会社と銘打ってはいるが、ここの実態はただの専業農家でしかないのだ。

大地はいらだちを隠しきれないまま、問いを発した。

「契約の件なんですけど、俺、秋になったらどうなるんですかね」

「俺は知らん。義父が決めたことだ」

「そんな……」

「まあ首にされたくなければとっとと働け。やる気がないなら消えればいい。代わりはいくらでもいるからな」

言い残して水倉はトラクターを再発進させた。大地が声をかけるが無視している。天才か何か知らないが、何様のつもりだ。俺は牛や馬じゃない。大地は完全に頭に来ていた。田んぼを平らにする道具を投げ捨てると、農場に足を向ける。

「くそ、もういい。やってられるか！」

辞めてやる。そう思って歩いた。

途中で田んぼにいる鴨《かも》の親子が馬鹿にするようにグワグワと鳴いていた。新潟駅南口通路の放送が頭によみがえる。

――ママあ、ニートが逃げ出していくよ。

――何やってもダメねえ。

勝手に頭の中でそう変換されていた。くそ……辞めてどうなる？　辞めてもどうしようもないではないか。そんな問いがアブのようにぐるぐる飛び回っていた。知ったことじゃない。あんな社長のもとで働けるものか。前田や菊子はTPPがどうのこうのと言っていたが、あの人格では嫌がらせの電話もかかってきて当然だ。

農道を歩いていると、背後から音が聞こえた。

原付で誰かが近づいてくる。水倉が非礼をわびて追いかけてきたのか。もう遅い。お前のもとでは働きたくない。だがその原付に乗っているのは意外にもリクルートスーツ姿の女性だった。ヘルメットを取ると、長い黒髪が揺れた。

「おはようございます」

元気よく挨拶したのは若い女性だった。肌がきめ細かくて白く、大地はごくりとつばを飲み込む。顔だちも整っていて白い歯が光った。

「こんにちは、でしたっけ？　初めまして、小山大地さんでしょ？」

「え、はあ」

「わたし、JAで営農指導員をしている水倉穂乃花《ほのか》っていいます」

原付を降りた彼女は百五十センチと少し。素朴で黒目が大きく、屈託のない笑顔は一瞬で大地の心を鷲《わし》づかみにした。八重歯も可愛らしい……大地は少し頬を赤らめる。ただ水倉という姓はもしかして……。

「わたし水倉陽太の妹です。兄がここで農業をするために実家を出ていったので、今は新潟市内に一人で住んでいます。兄に何か言われたんでしょ？」

やはりそうか……ただ兄とは全然似ていない。すべてが綺麗に対照的だ。

「ホント兄の人間嫌いには困っちゃうんですよねえ。人手が足りないのに、やっと来てくれた人たちにあんな態度とるもんだから、みんな辞めちゃうんです。JAに勤めだしてからは、わたしともよく喧嘩《けんか》しているんです。でも本当はさみしがり屋で優しいところもあるんですよ」

穂乃花は遠目に農作業を続ける水倉を眺めている。

その風になびく長い黒髪を大地は見つめた。彼女の視線の先、水倉のトラクター周辺にはどういうわけか白い鳥が寄ってきている。

「兄の作るものはすべて完全無農薬です。だから代かきで田んぼが掘り返されると、ミミズや色々な虫たちがひょこっと顔をのぞかせる。それをあの鳥たちが食べに来るってわけです」

「そうなんですか」

「兄の田んぼには毎年、白鳥やホタルがいっぱいやって来るんです。トンボも産卵していくんですよ。兄は人間からは好かれていませんけど、鳥や昆虫には好かれているんです。ううん、それもどうなんだろって感じですけどね。まあ奥さんもいるし、わかる人にはわかってもらえてるかな」

大地は水倉の運転するトラクターを眺めた。まるで祝福するかのように白い鳥たちが水倉の後を追いかけている。青い空、緑の山々をバックに名画のような光景がそこにあった。

「気にしないでください。兄にはそんなに悪気はありませんから。実の妹であるわたしにもあんな感じなんですよ。でももしよければ、手伝ってやってくれませんか」

「え、はあ」

「よかった。それじゃあ」

笑顔を残して、バタバタと音をさせながら穂乃花はすぐにどこかへ行ってしまった。

大地はしばらく原付が去っていくのを立ち尽くして見つめていた。やがて長い息を吐き出し、近くに落ちていた小石を蹴る。頬に付いた泥をぬぐうと、仕方ねえなとつぶやく。

「もうちょっとだけ、働いてやるか」

4

数学の授業が午後にあると、その日は憂鬱《ゆううつ》だ。

やることは同じでも、嫌なものを後に残すのは気分が悪い。後でいいことがあるから嫌なことにも耐えられるのに、どうして最後の授業が数学なのだろう。「A friend in need is a friend indeed」そんな文句が黒板近くに貼られている。担任の国語教師が達筆を自慢するかのように書いたものだ。

水倉陽翔は数学の授業を受けながら、窓の外を見ていた。数学の授業が終わっても、疲れるだけのバスケットボールが待っている。そう思うとため息しか出てこない。

田舎にあるこの中学からは田んぼしか見えない。六月。田植えは終わっていて、苗が青々と育っている。除草の機械がのろのろと学校の前を通り過ぎていく。合鴨《あいがも》農法で放たれている鴨たちが気持ちよさように泳いでいるのが見える。それを見ていると、眠くなってきた。

視線を校庭に移すと、プールが始まっていた。今年も夏がやって来る。その横に銅像が見える。二宮金次郎とかいう人物の銅像だ。専業農家の父さんはなぜかこの人を尊敬しているみたいだ。けど何をした人なのかもよくわからない。どうでもいいのであくびをした。

「つまりここはxにこの数を代入して……」

数学教師は黒板で説明を続けている。陽翔はノートに絵を描いていた。それは小遣いを貯《た》めて買おうと思っているラジコンヘリの絵だ。ブレードはこう。ここにLEDサーチライトが付いていて、着陸はこう……そんなことを考えていると楽しくなる。

窓の隙間《すきま》から一匹の虫が入ってきた。それはクワガタのように恰好いい虫では決してない。トンボのなり損ないのように小さく、音もしない。だが陽翔は思った。こんなに小さなムシでもいい。自由自在に空を飛べたらどんなに楽しいだろう。いや、それは無理でも自分で空を飛ぶ何かを自由に操縦できたら楽しいだろうな。そんな思いが膨れ上がっていく。

やがて授業は終わり、部活が始まった。都会の学校では文化部とか帰宅部とかがあるらしいが、ここでは強制的に運動部に入らなければいけない。嫌だったが、背が伸びるぞと言われバスケットボール部に入った。ただしあまり背は伸びていない。まだ百五十センチちょっとだ。

運動着に着替えると、体育館の前に集合する。

軽いストレッチの後、いつものように最初は外での走り込みだ。

「じゃあ今日はCコースな」

キャプテンが叫んでいる。あちこちからため息が漏れた。Cコースは一番長い七キロのコースだ。陽翔は田んぼの周りを走る。さっきクラスの窓から見た田んぼを横目に見ながら走っていく。

やがて、ウチの田んぼが見えてきた。可愛らしい鴨が何羽も泳いでいる。鴨が虫を駆除してくれるのだ。雑草もとってくれる。それだけでなく、鴨が泳ぎ回ることでよく酸素や栄養分が行きわたり、鴨のフンは肥料にもなる。うまい米ができるのだそうだ。一石二鳥どころではないらしい。

合鴨農法では合鴨を飼って、稲作が終わると食肉として処分することが多い。だがウチの農場へやって来る鴨はオスの首元があざのように青い。これはマガモの証《あかし》。何もしないでもマガモたちがウチの田んぼにだけ勝手にやって来るのだ。冬には白鳥も来るし、鳥たちの楽園のようになっている。

道路の向こうからトラクターが近づいてきた。

「こんにちはあ」

トラクターに乗ったおじさんに挨拶する。よく知らない人だが、挨拶しないと怒られるのでそうしている。おじさんも優しそうな笑みでこんにちはと返してくれた。学校の周り、新潟平野の舗装された道は少し前まで休日になると交通量が増していた。兼業農家が田植えや除草作業をするからだ。今日は平日なのであまりいない。

陽翔は足が速く、他の生徒より早く帰ってきた。渇いたのどを潤すためにウォータークーラーに急ぐ。息継ぎをすることもなく一気に飲んだ。

体育館の倉庫に向かう。

そこは一、二年生の荷物置場になっていて、鞄《かばん》や学生帽、スポーツバッグなどが置いてある。その部屋に入ると誰かがいるのに気づいた。背の高い上級生だ。さっきの走り込みには参加していなかった。何かを走り高跳びに使うマットの下に投げ込んでいる。陽翔に気づくと口元に人差し指を立てて笑う。よく意味がわからない。

——何だったんだろう。

上級生が去っていくと、陽翔は走り高跳び用マットの下をのぞいてみた。暗くてわかりにくいが、帽子のようなものが奥にあった。さっきの上級生が投げ込んでいったのだろうか。陽翔は小首をひねりつつ、まあいいかと思った。スポーツバッグから下敷きを取り出すと、団扇《うちわ》代わりにバタバタとやる。少し休憩だ。

やがて走り終わった部員が続々と帰ってきた。ウォータークーラー前には行列ができている。陽翔はさっき十分飲んだので飲まない。

「ランシュー！」

キャプテンが叫んだ。ランシューとはランニングシュートの略。ドリブルしていって走りながらシュートする。レイアップシュートとかいわれているやつだ。他の練習はきついが、シュート練習は楽なので一息つける。

陽翔は上級生の後に続いてドリブルをする。ジャンプするとボードに描かれた四角形の角辺りに一度当ててネットに入れる。

初めのころと比べ、ネットが少し近くなったような気がする。嫌々やり始めた部活だが、いつの間にかボールが手にはりつくようになってきた。上達したのだろう。最初は両手でしかシュートを打てなかったが、今では片手で打たないと気持ちが悪い。

試合形式の練習が始まると一年生は点数付けに回る。見ているだけなので何も疲れない。おかげで色々と考えることができる。陽翔が考えているのはラジコンヘリ操縦のことだ。墜落させたらどうしよう。ラジコンカーと違ってそこが問題だな……そんな、しなくてもいい心配までが楽しい。まだ買ってもいないのに。

午後六時近くなり、練習は終わった。

二、三年生はとっとと帰っていくが、一年生は片付けをしなくてはいけない。試合形式の練習で使った得点表示板やボールを片付けると、上級生が脱ぎ捨てていったゼッケンを洗う。それが終わるとバッシュを持って部室に入った。同級生の連中が着替えをしている。

「じゃあな、ハルト」

「おう、また明日」

適当にみんな帰っていく。だが一人の少年が何かを捜している。森山楓《もりやまかえで》という太った少年だ。小学校は別だったのでどんな奴かよく知らないが、運動神経ゼロの奴だ。どう見ても運動系の部活向きではないのに、無理やりやらされている。帽子がないと言っておろおろしている。

陽翔は思い出した。さっき上級生が帽子のようなものを走り高跳び用マットの下に投げ込んでいた。おそらくあれはこの楓のものだったのだろう。隠されたということだ。確かに楓はドン臭い。おそらくはいじめられているのだ。ドン臭い奴はいじめられやすい。

「ああ、どこなんだよ」

泣きそうになっている。マットの下を見てみろ――出かかった言葉が口から出ることはなかった。陽翔は少し心が痛んだが、無視して体育館を後にした。

「よう、ハルト」

自転車置き場に行くと、上級生が二人いた。どちらも百七十センチくらいある。陽翔は軽く礼をして、自転車に乗ろうとした。

だがそのハンドルを、側頭部だけを刈り上げた上級生が止めた。

「あの、何でしょうか」

「ちょっとつきあえよ」

「はあ……?」

「いいから来いって」

学生服から赤いシャツをだらしなく出した上級生はにやついている。よくわからないままに陽翔は了解する。自転車で二人の後に続いた。


連れていかれたのはこの辺りでは大きいスーパーマーケットだった。

自転車を停めると、ついてこいとばかりに二人はスーパーの中へと入る。上級生二人が向かったのは食料品売り場ではない。赤シャツの上級生は百円ショップを指さす。

「じゃあハルト、そこの百均で五百円分持ってこい」

「あの、金持ってきていないんで」

二人は顔を見合わせてニヤニヤと笑った。

「鈍い奴だな。盗んでこいって言ってんだよ」

刈り上げの言葉に陽翔は思わず彼の方を見た。

「みんなやってることだ。お前だけ例外にするわけにはいかねえからな。逃げねえかどうか俺らそこからちゃんと見てるからな」

赤シャツの指さす食料品売り場近くには椅子がある。

少し真面目な表情になると、刈り上げが口を開いた。

「まあ心配すんなよハルト、これはうまく盗めるかどうかをチェックするんじゃねえ。部員としての連帯意識を高めるためだ。やるかどうかだから捕まってもいい。警備員に捕まった場合は合格だ」

「もちろん俺らにやらされたってチクったら殺すけどな」

二人は自由コーナーと書かれた椅子のあるスペースに座る。そこからはこの百円ショップの様子がよくわかる。一人残された陽翔はしばらく立ち尽くしていた。逃げることは不可能だ。どうすればいいのだろう？　こんなことはしたくない。

百円ショップには二人、客がいた。

一人は五十くらいのおばさん。頬に手を当てながらせわしなく何かを探し回っている。もう一人は老人だ。海苔がへばりついたような眉毛をしている。お線香を見ていた。他に客はいない。だがすぐ近くを警備員が通っていく。どういうわけかいつもより数が多い気がする。食料品売り場には特売という文字があった。そのためか。おそらくはあの上級生二人もそれを見越して今日にしたのだ。

陽翔は文具コーナーでシャーペンと消しゴムなど、五百円分を手に取る。これだけならまだ盗んだことにはならない。レジに持っていけばいいだけだ。だがこのまま持ち去れば万引きだ。二人の上級生はスポーツドリンクを飲みつつ、こちらをちらちらと見ている。陽翔が文具を手に取ったことを確認したはずだ。

動きの速い四十代くらいの警備員がトイレの方に向かったとき、陽翔は思った。

――やるしかないじゃないか。

だが決心はつかない。シャーペンを持つ手に汗がにじんできた。こんなことをすれば父さんや母さんはどう思うだろう。父さんはともかく、母さんは泣くだろうな。でも楓のようになりたくはない。確かに悪いことだけど、これは仕方ない。

――それにみんなやっている。

そう思ったとき、気持ちが楽になる気がした。

つっかえ棒が外れたように陽翔は手に持った文房具をポケットの中に入れる。それを見ていた二人の上級生が満足そうににやりと笑った。

陽翔は警備員が消えたトイレの方を一度見る。ポケットに手を入れたまま上級生たちが待つ自由コーナーに向かう。少し安堵《あんど》の思いがあった。同時に取り返しのつかないことをしたという思いもあった。だが百円ショップを出た直後、陽翔の動きは止まった。思わず声が出そうになる。誰かに腕をつかまれたのだ。

――捕まった？　警備員は他にもいたのか。

振り返るとそこにはさっき見た、海苔がへばりついたような眉毛の老人がいた。こちらを睨んでいる。老人なのに強い力でまったく振りほどける感じがしない。陽翔は怯《おび》えた眼差しで老人を見上げる。彼は少しだけ口元を緩めた。

「坊主、どこ行くつもりだ？」

陽翔は震えていた。レジと言おうとしたが声が出ない。

「商品をポケットに入れた時点でお前さん、窃盗犯だわ」

老人は体を密着させてささやくように言っているので、誰も気づいていないようだ。上級生二人は驚いた顔でどこかへ行ってしまった。

「ちょっと来てもらわんとな」

老人は陽翔の右腕をつかんだまま、百円ショップ近くの小さな部屋へと向かう。陽翔には逃げる気力などない。そんなものは腕をつかまれた瞬間になくなっていた。

小さな部屋にはパイプ椅子が二つと机があった。行ったことはないが、まるで警察の取調室のようだ。老人はそこに座るようにと促した。名前や年齢など簡単なことを聞かれた。嘘をついてもすぐにばれてしまうので正直に答える。やがて店の人がやって来てしばらく老人と話した。店があるのでと言って彼は去っていく。

陽翔は上目がちに老人を見た。老人は静かに腕を組む。

「わしは警備員じゃない」

意外な言葉だった。だが続いて出た言葉はそれ以上に意外だった。

「宗村っていう元警察官だ。今は引退しとる。まあそれでもまだ警察関係の仕事はしとるがな。店の人にあとは頼む言われた」

警察官――その言葉が絶望的に襲いかかってくる。陽翔は泣きたい気分だった。ごめんなさいという言葉が心の中でだけ漏れている。

宗村という老人はそれからしばらく無言だった。陽翔も何も言わない。いくら強要されたといっても盗んだことに違いはない。悪かったのはこっちだ。だからボクはどうなってもいい。でも母さんを悲しませるのだけは嫌だ。

「全部見ておったよ……お前さん、上級生にやらされとったな」

事情をわかってくれていたのか。少しだけホッとする。だがチクったら殺す――上級生にそう言われている。彼らは宗村に顔を見られている。これで彼らが宗村に追及を受ければチクったと思われるだろう。

「違います。僕が一人でやったんです」

陽翔は必死でそう主張した。何もあの二人をかばいたいわけじゃない。後で復讐《ふくしゅう》されるのが怖いだけだ。宗村は陽翔の態度を見て、ふっと笑った。

「お前さん、自分のしたことがわかっとるんか」

「それは、はい」

「なら今の言葉、罪を重ねることだって理解しとるんか」

強い口調の問いかけに、陽翔は答えられない。宗村は陽翔を睨んでいた。

罪を重ねる……確かにそうだ。盗むだけでなく、嘘をつくことが加わるのだ。陽翔は黙って宗村を見た。その瞳はすべてを洞察しているように見える。陽翔はうつむいたまま謝る。

「お前さん、名前は確かハルトだったか」

「……はい」

「何が一番いかんことだったと思う？」

訊ねてきた宗村の顔は優しげだった。陽翔はしばらく考える。ただ宗村が言いたいことは大体わかっていた。盗んだこと以上にいけないことがある。それは脅しに屈し、盗むことを自分の中で正当化したことのように思う。そういえばさっき、陽翔はいじめられている楓に帽子の場所を教えなかった。とばっちりが怖いから。あれなども多分根っこは同じだ。

陽翔は自分なりに導き出した答えを口にした。

「いじめられるから仕方ない——そう思ったことですか」

その答えに宗村は満足そうにうなずく。

「まあ、そういうことだな。付け加えるならこう思ったんと違うか。みんなやっているから仕方ないって……」

「はい、そうです」

「お前さんはよく反省しとるようだ。口だけ達者なガキも多いが、みんな自分が騙《だま》せていると思うほどには大人を騙せておらんから。その点、お前さんはしっかりしとるようだな」

宗村はそれからしばらく沈黙する。

口を開いたのは一分ほどしてからだ。

「ご両親や学校には黙っとく。それでええな」

「え……いいんですか」

その言葉に宗村はうなずく。

「ただし一つだけ条件がある」

言葉が途切れた。条件という言葉を陽翔は一度だけなぞる。宗村は表情を変えることなく、何かをメモ用紙に書いてこちらに渡した。陽翔はそのメモ用紙を見る。そこには住所と簡単な地図が描かれていた。

「わしの家にたまに来ること。プチ保護観察だわ」

「宗村さんの家に、ですか」

「わしは退職警官だ。今は警察官時代のコネで色々な仕事をしておる。駐在所に顔を見せることもあるな。けど四年前に女房を亡くした。娘が二人いたんだがどっちも嫁に行ってしもうてな」

「はあ」

「早い話、寂しいんだわ」

宗村は微笑む。陽翔もつられて微笑んだ。赦《ゆる》された。どういえばいいのか、心の霧がすっと晴れたような気がした。

5

まだ七月中旬だが、この夏は今まで経験してきた中で一番暑い気がする。

大地がひまわり農場へやって来てから二カ月余りが経った。ここも震災の影響で大変なようだ。作物の放射能の数値は基準内なのに敬遠されて買われないという。

色々なことがあった。毎日のように繰り返される肉体労働で疲れ果てた。代かきの際、トラクターを転倒させそうになり前田に助けられた。ワンマン社長、水倉陽太の態度に怒って辞めようとしたこともある。それでも何だかんだで続いている。

この日の朝も早い。いつの間にか五時に起きる習慣が体に染みついている。外に出ると大地は山鳩の鳴き声を聞きながら深呼吸をする。新潟平野は緑色に覆い尽くされていた。大地は早足で水田を散歩する。あちこちにオレンジ色の旗が立っている。

ささやかではあるが、給料は出た。給料というよりおこづかいというべき額ではあったが。ただおかげで携帯を再契約することができ、実家とも連絡が取れた。ひまわり農場で住み込みで働き始めたことを伝えると、姉はとても喜んでいた。

辞めようとしたとき、止めたのは水倉社長の妹、穂乃花だった。いや、正確には彼女へのスケベ心だろう。JAで働く彼女に一目ぼれのような形で残ったのだ。飛びぬけた万人受けする美人ではないが、大地にはとても魅力的に映った。

とはいえ自分で植えた苗がすくすく育っていくのを見ると、少しは嬉しかった。代かきが終わってから田植えをし、中干しといって一度乾燥させる作業がある。続いて溝切りという溝をつける作業で排水しやすくする。こうすることでモミの実入りをよくし、根からの酸素補給を十分にする効果があるらしい。前田や菊子に教えてもらった。

これ以外にも作業は多い。邪魔な草を刈り取ったり、農薬を使わないために寄ってくるカメムシ対策も講じないといけない。夏になると分けつ期といって茎の根元から新しい茎が伸びてくる。たくさん米が穫れるといいと思う。農家の子なのだが、こういう基本的なことさえ知らなかった。それまでは自分で何かを育てていくというと、オンラインゲームのキャラくらいしかなかった。

農場を出て水田に向かうと、そこにはすでに先客がいた。

日焼けした褐色の肌に白いタンクトップ、膝の破れたジーンズ。金髪が以前より少し伸びている。水倉陽太。ひまわり農場社長だ。一定間隔で細い棒のようなものをハンマーで打ちつけている。何なのだろう。

ひまわり農場に来てから、前田や菊子とはすぐに打ち解けた。だが社長である水倉は相変わらず苦手だ。大地は無視して通り過ぎようと思ったが、水倉がこちらを振り返った。これでは気づかないふりはできそうもない。仕方なく会釈した。

「ぼさっと立ってないで、手伝ったらどうだ」

相変わらずぶっきらぼうな口調だった。

「社長、これ何やっているんですか」

「イノシシ対策だ。この棒、ガイシっていうんだがこいつにコードを張って電流を流す。可哀想《かわいそう》なようだが、こうでもしないと洒落《しやれ》にならなくなるからな」

「イノシシ出るんですか」

「山からは離れているから可能性は低い。だが出たときの被害が甚大なんだ。無茶苦茶にされてしまう。連中は突進のイメージがあるけど、苗の上に体をこすりつけて転げまわるんだ」

しばらく大地はイノシシ対策のコードを張る作業を手伝った。まだ朝は早く静かだ。誰もいないと思ったが、不意に遠くから激しいエンジン音が聞こえてきた。

「何なんですかね、あれ」

大地が訊ねると、ガイシを打ちつけつつ水倉は答えた。

「ラジコンヘリの音だ」

「えっ、ラジコンですか」

「農薬を撒いているのさ。最近はどこでもラジコンヘリで散布する。あのオレンジ色の旗が見えるだろ？　あれは散布してくださいってことだ」

水倉はオレンジ色の旗を指さした。広大な新潟平野にはこの時期、いたるところにオレンジ色の旗が立っている。だがひまわり農場だけはその旗がなかった。そうか。ここは完全無農薬だから散布する必要はないということだ。よく見るとヘルメットをかぶった人がいて、赤と白のツートンカラーの大きなラジコンヘリが飛んでいた。

無理してしゃべったのですぐに話題は尽きた。二人は黙々とイノシシ対策のコードを張り巡らしていく。だがこれの方が楽だ。大体終わるころにはすっかり空は明るくなっていた。

ガイシを張り終え、一汗かいた大地は水倉に近寄っていく。さすがに無視して帰るわけにもいかないだろう。

「終わったみたいだし、腹が減ったんですが」

水倉はあごで返事した。もういいという意味のようだ。大地は帰ろうと思ったが、水倉はまだ帰るそぶりがない。稲を優しく撫でている。幼いわが子の前髪を撫でるように。そういえば水倉は新しい品種の米を作り出したんだった。彼が本当にやりたいのはこの米作りだという。大地は黙ってその様子を見ている。水倉は視線が気になったのか、こちらを振り返った。

「まだ何か用か」

「いえ、社長ってすごいですよね。今でこそ知られてますが、何年も前に農業ビジネス会社を起業したなんて。自然栽培の方法も自分で考え出したんでしょう？」

おだてる気はなかったが、ついおべっかのような言葉が出た。

「俺のやり方は難しいといわれているがそうじゃない。究極的には江戸時代の二宮尊徳の手法と同じなんだから」

思いがけない言葉だった。農業大学や研究所で最新の方法を学んできた水倉のセリフとは思えない。二宮尊徳は野口英世と同じように日本の偉人として有名な人物だ。だが何をした人なのかは大地もよく知らない。

「どういう意味なんですか」

「尊徳は分度《ぶんど》という考えを持っていた」

分度？　大地はオウム返しに問いかけた。

「これは農民には農民の分度、武士には武士の分度というようにそれぞれに適した方法があるということ。何も階級社会を奨励するんじゃなく、適材適所、その現場に応じた最適なやり方を模索すべしということだ」

「でもそれは過去のことじゃあ」

「いや、徹底した分析と創意工夫。つまりは考える農業――二宮尊徳の精神は今も通用する。創意工夫さえあればTPPに加盟しようが関係なく農業は続けられる。カリフォルニア米は日本の米と変わらないといわれているが、俺の米は全然違うぞ。JAなど通さず、ネットで売ればいい。ただこぢんまりとやっていてはダメだ。質を量でカバーされてしまう。でっかい水田に完全無農薬の米……この稲穂が輝く風景を見たくないか」

水倉は両手を広げた。彼の顔を朝日が照らしている。

「大規模な水田を俺に任せてもらえれば、ここ新潟に世界一の稲穂を実らせられる自信がある。日本の農業を変えてみせる。夢物語じゃない。死んだ大地もよみがえらせ、全部俺が完全無農薬の水田に変えてみせるのに」

初めて見る饒舌《じょうぜつ》な水倉に大地は口を閉ざさざるを得なかった。どこか水倉に対する思いが変化したように思う。すごいということはみんなから聞かされていたが、初めてその秘めた熱い思いに接した。小昼の成功に飽き足らず、TPPに負けない完全無農薬のうまい米を作る――この人ならやるかもしれない。いやそれはすでに実を結びつつある。

水倉はしゃべりすぎたと思ったのか、苦笑いを浮かべた。

「余計なこと言っちまったようだな」

「あ、いえ」

大地は水倉に背を向けた。この人はとんでもない人なのではないか。死んだ大地がよみがえるという言葉に含みはないだろうが、大地は自分のことを言われている気がした。確かに数カ月前までの人生は死んでいるも同然だった。この人と一緒なら生き返ることができるかもしれない。何とか水倉の手助けがしたい。今はそう思う。

金髪が光っている。大地には朝日を浴びて輝く水倉の表情があまりにも神々しく映った。


朝食を摂《と》ると、大地はビニールハウスに向かった。

イノシシ対策を終えて米作りは一段落し、これからは野菜を作ることがメインになっていく。作りやすいものと作りにくいものがあって、難しいものにあえてひまわり農場では取り組んでいる。自給自足を目指すという趣旨から様々な野菜も育てられている。自分で食べるだけならそれほど難しくはない。問題なのは商業ベースに乗るかどうか。特に苺などは今のところ、水倉以外に無肥料・無農薬で商業ベースに乗せた人はいないといわれている。

今、水倉はいない。彼はまた話し合いだと言って集落の方へ出向いてしまった。代わりにというわけではなかろうが、ポンちゃんが何故か連れて来られている。農作業だけをやっていればいいというわけではないのだから大変だ。大地は前田に、トマト作りの手ほどきを受ける。

しばらくして、リクルートスーツに身を包んだ女性が歩いてきた。こちらに気づくと会釈する。水倉の妹、穂乃花だ。八重歯が可愛らしい。高校の制服を着ても似合うような外見だ。長い間、ネットで丸襟制服最強説を主張していた大地だが、最近になってリクルートスーツ最強説に鞍替《くらが》えした。無論この穂乃花のせいだ。

ごくりとつばを飲み込む。穂乃花は目を少し大きくした。

「小山さん、兄は？」

「出かけたみたいだけど」

「そうなんですか。ああそうだ……兄を助けてくれてありがとう」

改まってお辞儀をする穂乃花に、大地は少し赤面する。

「いや、俺は別に……」

「若いのにわざわざ農業やりに来るってすごいですよねえ」

大地は頭を掻きつつ答えた。

「仕事がなかっただけだよ」

「謙遜《けんそん》なさらずに。わたしも同じくらいの年ですけど、農業に関する情熱では簡単には負けませんよ。この前、上級、営農指導員になっちゃいましたから」

穂乃花は上級というところに妙にアクセントをつけた。

「ウチの母親もそうだったし、姉もそうだよ。ただし平のね」

「そうなんですか。やっぱり農業情熱家族なんだあ」

わけのわからない呼び名を与えられてしまった。

彼女のような営農指導員は農家に色々アドバイスをしてくれる。それは小難しい税金のことなどではなく、野菜の作り方から農具の使い方、利益の出し方までだ。非常に懇切丁寧、農家に優しい存在だ。ただ考えてみればこれは甘えを助長させるともいえる。人間に餌《えさ》をもらうことを覚えた猫が、野生では生きていけなくなるように。

「社長はJAとはあまりうまくいっていないみたいだけど、水倉さん……あんたはJAで働いているんだね」

少し警戒した表情で言うと、穂乃花は微笑んだ。

「JAを敵視しないでくださいよ。さっきまでわたし、特別栽培米の指導に行っていたんです。五割減々栽培っていって化学肥料や農薬の使用量を半分にまで減らした米なんです。前田さんとかは敵視してるけど、JAだって努力しているんですから。兄は頭はいいんです。でも強情なところがあって……。今日は集落営農の件で来ました。集落営農とは集落単位で各農家が農地を持ち寄り、農機具を共有したり、農作業を共同で行ったりする組織なんです」

「そうなのか」

ひまわり農場は普通の農家のようにJAを通していない。普通、農家はJAから農薬や肥料、農業機械を買うが、ひまわり農場では農薬も肥料も買わない。また、JAと関わりのない小規模なファーマーズ・マーケットで直接消費者に農作物を供給する形式を取っている。

それから穂乃花は集落営農と将来の日本の農業について色々話をした。少し抽象的な話でわかりにくかった。ただ彼女の農業にかける強い意志のようなものは感じられた。同じくらいの年なのにすごいなと思う。相変わらず笑顔が可愛らしい。こんな女性が奥さんになってくれるなら、自分はずっと農業をやっていってもいい。穂乃花には恋人とかはいるのだろうか。

「あ、あのさ」

問いかけようと思ったが、先に穂乃花が口を開いた。

「小山さん、この辺りの暮らし、慣れました？」

「ある程度は。でもまだよくわからないけど」

「じゃあ今度この辺、案内しますよ」

「え、あ、うん」

言葉に詰まりつつ、何とか返事する。たちまち赤面した。

「新しい完全無農薬米……うまくいくといいですね」

言い残すと彼女は踵《きびす》を返した。大地は穂乃花が去っていくのを遠目に見送る。知らず知らずのうちに鼻の下が伸びている。ビニールハウス横につながれたポンちゃんと目が合って、思わず口元に指を一本立てた。


水倉は日が暮れてからようやく憔悴《しょうすい》した顔で帰ってきた。どうしたのだろうと思ったが、食事をするとビニールハウスに閉じこもる。

「社長、疲れているみたいですね」

「正直、経営は苦しいからな」

前田がつぶやく。大地は意外な顔をする。

「そうなんですか。小昼とか大人気でしょう」

「ローカルだからな。一応商業ベースには乗っとるが、たくさん収穫できるわけでもない。新しい米も量が少なすぎる」

「まあ、今が頑張り時だし」

菊子は微笑みつつ、つぶやく。頑張るというが、もう水倉は十分すぎるほどに頑張っているように感じられる。農業への情熱と誰よりも秀でた能力、休日もなく働く惜しまぬ努力。小昼に新しい無農薬米……しっかりと結果も出している。これで認められなければどうしろというのか。報われなければ頑張れない。優れたものを恐れ、排除していくシステム――ひょっとしてTPPなどではなく、それが影を落としているのだろうか。

夕食後、大地は部屋で絵を描いていた。

最初は芸大に進みたかったが無理なので、途中からは漫画家になりたいと思った。とはいえ本気で目指していたわけではない。サークルの中で描いて上手と褒められて満足する程度。前からそうだった。すべてが中途半端。逆に水倉は天才だ。前田は税理士の資格を持っているらしく、経理ができる。菊子はファーマーズ・マーケットで水倉が作った野菜を売るルートを開拓している。足りないのは宣伝だ。いくらいいものを作っても知らなければ誰も買わない。大量に悪いものが出回れば、いいものは駆逐されてしまう。小昼もあれだけうまいし、すごいのにまだ新潟限定だ。一つ火がつけば一気に全国レベルになるだろうに。そうなればきっと集落の人たちも村八分になどできない。生産力は増すはずだ。俺も少しくらいは役に立ってやろうか。

きっとこんなことを思ったのは穂乃花のおかげだ。今度この辺りを案内——それはデートと考えていいのだろうか。「リア充」という言葉が頭の中を駆けめぐる。絵を描いている途中、穂乃花の顔が浮かんでにやけてしまった。

「よし、これでいい」

大地は絵を描き上げると。高く掲げてみた。我ながらうまく描けていると思った。

その瞬間、不意に部屋の扉が開いた。菊子と陽翔がずかずかと入ってくる。

「大地、遊びに来てやったぞ」

陽翔は大地が引きはらったアパートから持ってきたゲーム機の前に座る。いつの間にか呼び捨てにされている。いや、最初からだったか。大地は描いたばかりの絵をとっさに隠した。

「そういや無農薬米の名前、いくつか考えてみたぞ」

大地は誤魔化すように話題を振る。陽翔はあまり関心なさげに、ふうん、と応じた。

「『むのうやくん』ってのはどうだ？」

陽翔は鼻で笑った。菊子も不満そうな顔だ。

「『米《コメ》ットさん』は？」

「炊飯器の名前ならいいと思うけど」

陽翔は目ざとく大地が描いた絵を見つけ、奪い取った。菊子も後ろから見ている。

「何だこれ、『小昼タン』って」

陽翔はぷっと噴き出した。紙には苺の帽子をかぶった二頭身の美少女が描かれている。少し恥ずかしげに頬を赤らめる『小昼タン』は大地の自信作だ。

「笑うなよ、ゆるキャラだ。宣伝のために俺が考えたんだ」

「……アキバ系農法を駆使して苺を作る天才美少女——おいおい、アキバ系農法って何だよ」

「うまいじゃない。大地くんあなた、才能あるわ」

後ろから菊子が褒めている。だが陽翔はダメダメと馬鹿にする。

「今さらゆるキャラ作ってもな。考えることが古いって」

「使えるかもしれないわ」

評価は完全に二分してしまった。大地は必死で『小昼タン』の弁護をするが、陽翔は首を縦には振らなかった。菊子は『甜菜美少女』の方がいいわね、と乗り気だ。

「どうしようもねえなぁ。米の名前に話を戻そうぜ。大地、他にないのかよ」

せっかく考えてやったのに……大地は不満げに答えた。

「『こめもえ』はどうだ?」

「四文字かよ。何か大地の得意分野の匂いがする」

「じゃあ『俺の米がこんなにうまいはずがない』は?」

「だから得意分野に引きずり込むんじゃねえって。『むのうやくん』が一番ましだ」

「だったらハルト、お前考えろよ」

「ああ、いいぜ」

陽翔は机の上のサインペンを手に取ると、ササッと何か書いた。大地と菊子はのぞき見る。そこには大地になんとなく似たオタクっぽいキャラが描かれていて、『働く米』と書かれている。

「働くコメ？　確かに無農薬米は体にいい働きをするんだろうけど、なんか全然インパクトないじゃないか」

「働くコメじゃなく、働くマイだって。働くまい……要するにニートだ」

陽翔は笑っている。大地は顔をしかめた。


翌朝、大地はいつものように五時過ぎに目を覚ました。

うがいをすると、外に出た。空気がいつも以上にひんやりとした朝だった。セミはまだ鳴き始めてはおらず、代わりに山鳩が鳴いている。ジャージ姿。大きく伸びをすると、軽くストレッチ体操をしてから水田へ向かう。ジョギングだ。以前はこんなことをするなど考えられなかった。この二カ月余りですっかり変わったものだ。人間、変われるもんだと痛感する。大学を卒業してからの自分は、今まで何だったのだろう。

新潟平野はその朝、赤く染まっていた。

朝焼けだ。青々と茂った稲も太陽に照らされて赤くなっている。天気が崩れるのだろうか。だがあまり気にすることなく、大地は駆けた。かなり走ったところで足が止まる。

「そういや、今日だったっけ」

聞こえてきたのはラジコンヘリの音。少し離れた集落でラジコンヘリを飛ばしているのが見える。ヘルメットをかぶった青年が無線機で何やら言っている。農薬散布の通知は来なかったが、看板が出ていた。たいていは朝のうちに行うが、洗濯物などは取り込んでおくように書かれていた。低空を飛ぶのでそれほど害はないようだが、どうなのだろう。

「こっちは風下か……まずいな」

そう思って大地は引き返す。風に乗った農薬を吸い込んでしまうとよくないことくらいは子供にでもわかる。だがそう思って反転した瞬間、叫び声が聞こえた。

声は一度ならず何度も聞こえた。最初はわからなかったが、まだ子供の声だ。聞き覚えのある声。こんな時間に少年の叫び声が聞こえてくるとは、どうしたというのだろう。大地はその方向に駆けた。そちらはひまわり農場の水田だ。どうして？　多少農薬を吸い込もうがどうでもよくなっている。

遠目に軽トラが走り去っていくのが見える。だがはっきりとはわからず、ナンバーなども当然確認できない。大地は声がした水田の辺りに着いた。代かきをしていた際に大地がトラクターごと落ちそうになった水田だった。あぜ道にはどういうわけか穴が開いている。わけもわからずに大地はその穴を観察する。こんなものは少し前に見たときはなかった。イノシシ対策でこの辺りもコードを張ったから覚えている。

顔を上げて溝の近くを見ると、そこには少年がへたり込んでいる。長い襟足ですぐにわかった。

陽翔だ。こんなところで何をしているのだろう。大地の呼びかけにも放心状態で何も言葉を返さない。動けなくなったのか。骨でも折ったのか。だがその予想はまるで違っていた。

次の瞬間、大地は殴られたような衝撃を受けた。

水田の稲は九十センチ近くある。その稲に隠れるように一人の男性が横たわっている。血は出ていない。だがぐったりしていて息もしていない。三十くらいの男性だ。金髪に白いタンクトップ。膝が破れたジーンズ……どう見ても間違いなく水倉社長だった。大地は駆け寄る。脈をとったがまるで反応はない。大地は携帯で119番に電話する。だが救急車を呼んだ後に急に動悸《どうき》がした。心の中で何故という思いがこだましている。呼吸困難に陥りそうなほどだ。死んだのだ。水倉はもうこの世にいない。

空は赤く、山鳩が鳴いている。

遠くからラジコンヘリの音がかすかに聞こえてきた。

第二章　父のひと粒

1

黒い服を着た人がたくさん出入りしていた。

こんな光景を見るのはお祖母《ばあ》ちゃんが死んだとき以来だ。陽翔は喪服を着せられて祭壇のある部屋に座っている。畳の部屋だ。普段は見かけない人もやって来てお悔やみを述べていく。瞼を赤く腫《は》らした母さんは、訪れる人にお辞儀をしている。

お祖母ちゃんが死んだときにうなだれていたお祖父《じい》ちゃんは色々動きまわっている。住み込みで働いている大地もてんてこ舞いという感じだ。

祭壇の前には長方形の柩《ひつぎ》がある。

そこには父さんが眠っていた。父さんは母さんと違っていつもいびきはかかない。柩の外から見るとまったく傷などなく、本当に眠っているようにしか見えない。横にはゆっくりと回転するおかしな器械があってキラキラしている。どういうわけかそれがすごく怖かった。

父さんは昨日の朝、ひまわり農場の田んぼに倒れていた。

ラジコンヘリを見せてもらいに行った帰り……朝焼けの涼しい朝だったこと、山鳩が鳴いていたこと、父さんが倒れていたこと、大地がやって来て救急車を呼んだこと——記憶しているのはそれくらいだ。

近くの寺の住職がやって来た。三十半ばの住職は、まだ跡を継いで一年くらいだという。後頭部に吹き出物がいくつもできている。それでもみんなにかしずかれつつ祭壇の前に座ると、真剣な顔で何か言っている。父さんがどうとか言っているがよく聞き取れない。

やがて住職は木魚をポコポコ叩きつつ、お経を読み始める。何を言っているのかわからない。しばらくしてお焼香が始まった。親戚《しんせき》の人から順に、小さく砕いたものをつまんでは香炉に落とし、数珠《じゅず》で拝んでいく。

陽翔はお母さんの真似をするように黙って黒服の人たちに礼をしていく。穂乃花さんは綺麗な顔をくしゃくしゃにして泣いている。ふと視線を祭壇に移した。そこには小昼をこちらに見せながら微笑む父さんの写真があった。

焼香は続いている。宗村もやって来て、顔を赤くして拝む。だがぐるぐる回る器械が発する光を見ていると、陽翔は気分が悪くなってくる。何なのだろう。本当に気分が悪い。これまで何度か嘔《おう》吐《と》したことはあったし、体の調子の悪いときもあった。だけどこんな気分、生まれて初めてだ。目の奥からお尻の先までが一本の紐でつながったように思え、それが震えている。震えが爪の先まで伝わっていく。体中が地震だ。

「事故だったんですよね」

後ろの方に座っているメガネをかけたおじさんがポツリと漏らした。いつも大声で話す町内会長さんが小さくうなずいている。

「あぜ道で足滑らして、溝のコンクリートで頭打ったらしいな」

「まだ若いのにねえ」

それは何ということのない会話だった。だがその瞬間、体の奥底から言葉にできない気味の悪いものがせり上がってきて、陽翔は大声を出した。

「ハルトくん、どうしたんだ」

誰が発した声だかわからない。何なのだろうか。自分でもわからない。何を言っているのかさえわからずに陽翔は叫んだ。涙は出ない。あるのは恐怖なのだろうか。ぐるぐると回るカラフルな器械と一緒に風景も回転し、自分がどこかとてつもなく深い井戸の中に落ちていくような感覚だった。

——父さんが死んだ？　事故で田んぼに落ちて死んだ？

もう冗談はやめてほしい。みんなで僕を騙そうというお芝居はいい加減にして。面白くもなんともない。僕が悪かったです。もう悪いことはしません。だからやめてください。助けてください。誰でもいいです。僕をこんなところに置き去りにしないで！


意識が戻ったとき、陽翔は団扇であおがれていた。

そこは四畳半。陽翔はお祖父ちゃんのあおぐ団扇の風にやっと気づいた。多くの人が取り囲んでいて、心配そうにこちらを見ている。風鈴がちりりんと鳴った。

「救急車、帰ってもらうか」

「いや、念のために診てもらった方が」

そんな会話をしている。どうやら陽翔が意識を失ったとき、救急車が呼ばれたようだ。さっきまでの気持ちの悪さは今はない。だが頭の中にへんてこな虫が入っていて、機会があればいつでも暴れだしてやろうと手ぐすね引いて待っているような感じがする。

通夜はまだ続いているようだった。

陽翔は四畳半の窓から外を見た。この部屋にはクーラーはなく、その代わりに風通しがいい。一回だけなら冷たい感じのする風鈴も、何度も鳴っているとただの壊れた目覚ましのようだ。お祖父ちゃんは優しそうな顔をしながら団扇で風を送ってくれる。けどもういいよ。暑くなんてない。時間がゆっくりと流れている。みんなの声が聞こえるのにどこか遠い。

四畳半からは駐車場の様子がよく見えた。駐車場といっても屋根もなく、広い土のスペースだ。そこに車があふれ返らんばかりに停まっている。駐車場には山本晴久《やまもとはるひさ》という人がいて、みんなに何か言っている。

「おい、車どけろ、救急車が入れん」

彼の指示に従って何台かの車が外へと出ていった。山本さんは四十くらい。兼業農家で青年団のリーダーだ。おでこが広くて青年には見えないけど、そう呼ばれている。庭の駐車場に車が入れるスペースが空くと、山本さんは父さんが乗っていた灰色の軽トラの横にやって来た。そこにいた男性と何かを話している。

「まあ、ニブだしな」

山本さんはそう言ったように思う。みんなが寂しそうにしている中、どういうわけか山本さんの顔には少しだけ笑みがあった。どうしてなのだろう。どうして人が死んでいるのに笑うのか。ニブとは何なのだろう。だがそんな疑問はすぐにどうでもよくなっていく。

やがてサイレンの音が近づいてきた。

やって来たのは救急車だ。門の外にいた大地が誘導するように救急車を迎え入れ、すぐに隊員がストレッチャーを引きつつこちらにやって来る。

「すんません、こっちですわ」

お祖父ちゃんが手招きする。近寄ると救急隊員は何か訊ねてきた。これが見えるかとか、頭が痛いのかとかそんなことだったように思う。陽翔はあまり関心もなく言葉やジェスチャーでそれに答えていく。

救急隊員に楽々と持ち上げられ、陽翔は救急車に乗せられた。一緒にお祖父ちゃんが乗り込む。犬小屋では心配そうにポンちゃんがこちらを見ていた。外ではピーポーと聞こえる救急車のサイレンは、中からは変な音に聞こえた。


家に帰ったのは、次の日だった。

病院では色々検査をした。MRIとかいう機械の中は妙に狭くて気持ちが悪かった。だけど光を発しながらくるくる回っていたあのへんな器械に比べればましだ。特に異常はないということで家に帰らされた。葬式もすでに済んだとお祖父ちゃんは言っていた。

祭りが終わった後のように、家はさみしかった。

お祖父ちゃんや大地は元気に迎えてくれる。

「給料で新しいゲーム買ったんだ。やるか」

「やらない」

珍しく優しい大地の言葉に、陽翔はつっけんどんに答える。ちょっとだけ罪悪感があったが、すぐに消えた。

台所に行くと、母さんがトントンとキャベツを刻んでいた。

「ああ、すぐごはんにするね」

腕まくりをしながら料理を作っている。その表情には笑みがあった。だがその丸まった背中を見ていると、どこかいつもと違うのがわかった。陽翔がじろじろと見ているのが気になったのか、母さんはこちらを見た。

その瞬間、あっと声を上げた。

母さんは包丁を置いて親指を眺めている。間違えて指を切ってしまったのだ。母さんが料理で怪《け》我《が》するなんて珍しい。

「大丈夫？　血が出てるよ」

「へいきへいき」

母さんはおどけた調子で指をおしゃぶりのようにくわえた。陽翔は思った。みんな無理している。きっと父さんが死んだことから目をそらすまいとするより、無理にでも明るくした方がいいと判断しているのだろう。

「病院行った方がいいよ」

「大げさねえ、笑われちゃうでしょ」

母さんは消毒してから止血する。陽翔も救急箱から包帯を持ってきて手伝った。指をぐるぐる巻きながら言う。

「本当に大丈夫?」

「へいきだって」

微笑む母さんはとてもつらそうだった。指の傷はたいしたことはない。問題は心だ。母さんの傷みが忍び込んでくる。それが陽翔の心と共鳴して増幅していくようだった。

「無理せずに、泣いたらいいよ」

「ハルト……」

「つらいんだろ? 何で無理するんだよ」

母さんの顔が、見る見るうちに歪《ゆが》んでいく。

「どうなんだよ、つらいんだろ」

促すと、母さんは天井を見上げた。

「だめね、あたしも……」

陽翔はそれ以上、声をかけることはできなかった。まるでいじめているように思えたからだ。背を向けて歩きだす。

ガタン! 台所から音がした。

陽翔は足を止めて、物陰からそっと様子をうかがう。

落ちたのはまな板だ。母さんは泣き崩れていた。顔を覆い、父さんに語りかけている。刻みかけのキャベツが床に散らばっていた。

「嘘だって言ってよ。怒らないから……いたずらで死んだふりしていて、ひょっこり顔を出しても何にも怒らないから」

何であんなことを言ったんだろう……陽翔は後悔した。悲しいときは笑うより、思い切り泣けばいい。そんな歌を小学生の時に卒業式で歌った。でもその時の別れは永遠の別れじゃなかった。

「あなた帰って来てよ！」

こんな母さんを見るのは初めてだ。ごめんなさい……。陽翔は声をかけようとしたが、やめた。きっと意味などない。無言のままで自室へ続く階段を上った。

二階の部屋は、いつもと変わらなかった。おもちゃのラジコンヘリが置かれている。思えばあの日、僕はこのヘリに敬礼して外に出た。見つからないようにトタン屋根から自転車置き場に、それから宗村の家に向かった。ダメだ……ここも息苦しい。

もう一度階下に戻り、陽翔は庭に出た。

朝方の割に湿気が高く、梅雨時のようにまとわりつくような空気だった。でもここの方がいい。中にいるとかえってつらくなる。

陽翔は納屋に入った。そこには使わなくなったトラクターが置かれている。土の香りがした。運転したことはないけど、父さんと一緒に乗ったことはある。振動が伝わってきて気持ちいいと感想を漏らしたことを覚えている。父さんは無口で、あまり笑顔は見せなかった。怒られたこともある。でも……。

「父さん！」

大声で叫んだ。遅れて涙が出てきた。

どうしてだろう。考えてみれば今まで泣かなかった。父さんがもう帰らないという絶望の中にはいても、涙はなかった。それが父さんの記憶をたどると涙が止まらない。

通夜の祭壇の写真には苺が写っていた、あの苺は写真を撮った後で僕が食べた。ビニールハウスで父さんが食べてみろと笑顔で僕に渡してくれた。記憶の洪水。抑えきれないくらいに父さんの記憶が陽翔の中で濁流となって流れていた。きっと母さんも同じだったのだ。高い高い堤防を作って、無理やりせき止めていた。でも結局、どこかから水は流れ出していく。知らなかった。人が死ぬってことはこんなにもつらいことだったんだ。

納屋から出ると、陽翔は涙をぬぐった。犬小屋ではポンちゃんが心配そうに舌を出してクンクン鳴いている。頑張れと励ましてくれているように思える。陽翔は水を替えると、頭を撫でてやった。ポンちゃんはぴちゃぴちゃと音を立てながら、おいしそうに水を飲んでいる。

ポンちゃんはここに来たときからよく吠えていたらしい。でも父さんには初めからなついていたとか……。いとおしそうにポンちゃんの頭を撫でる父さんの顔が浮かぶ。せっかくぬぐったのに目の前がかすみ、ぽたぽたと涙が地面に落ちた。

2

ひまわり農場の畑ではトウモロコシの収穫が行われていた。

トウモロコシは大地の担当ではなかったが、少し前に雌穂《しほ》どりを手伝った。トウモロコシは一株に二、三本雌穂ができるが、それを全部残すと養分が分散され、実入りが悪くなる。だから一番上の雌穂だけ残してあとは取ってやらないといけないと教わった。それは基本らしいが、何も知らなかった。だがそのことを教えてくれた人はもうこの世にいない。

水倉は一週間前、ひまわり農場の水田で死んだ。

死因は打撲による脳挫傷《のうざしょう》。事故現場の水田には二メートルほどの段差があった。以前、大地もトラクターで進入しようとして転倒しそうになったことがある。水倉はその朝、あぜ道から足を滑らせて水田に転落、用水路のコンクリート部分に頭部を強打して死んだとされている。行政解剖も行われ、不審な点はないと結論づけられた。あまりにもあっけない死だった。

——本当に死んだんだな。

大地はトウモロコシを眺めながらつぶやく。

尊敬という言葉の存在は知っていても、おそらく自分は生まれてから一度も誰かを尊敬したことがなかった。いつも人を馬鹿にし、ネットではゲームやアニメを得意げになって批評するだけ。自分の気に入らない作品は面白いところを見ようとせず、あらを探して何が何でもケチをつけようとする。論破ごっこ。そうすることで自分がえらくなった気がして気分がよかったのだ。本当に非生産的で馬鹿なことばかりしてきたように思う。負けてばかりの人生で、ネット上だけでも勝ちを得たかったのだ。勝つ以外に喜べないという思い込みがあった。

水倉陽太という人は、人生で初めて敗北の喜びを教えてくれた人なのかもしれない。死の前日、夢を語る水倉は神々しかった。あの姿が忘れられない。それまで抱いていた付き合いにくい奴というイメージが吹き飛び、世界一の米を作るという彼の夢に共感し、何とかその手助けがしたいと思った。いつも自分中心だったのに、人のために頑張りたいと思うようになった。こういうことは初めてだ。

水倉の死後、ひまわり農場へ来る人は意外と多かった。

それまで疎遠だった近所の人もやって来て色々と世話を焼いてくれる。自分の畑で採れた野菜だと言って毎日のように差し入れてくれる人もいる。最初、大地は単純に一家の大黒柱を亡くして困っているだろうという善意の表れ——そう思っていた。だがどうも違う。

その日も通夜の際に知り合った山本という男性がやって来た。額が広い。というよりかなり禿《はげ》が進行している人で、キュウリを手に持っている。

「これ食ってくれ。それと小山くんよ、回覧板だ」

トウモロコシの収穫をしていた大地は少し待ってくださいと応じた。

「事務所に置いとくから。前田さんか菊子さんに渡しといてくれ」

「はい、わかりました」

トウモロコシの収穫を終えると、昼になっていた。セミの鳴き声が大きくなっている。Tシャツはすでに汗でべたべただ。大地は着替える前に一度、事務所に向かう。入口にキュウリと回覧板が置かれているのが見える。

ここに来て二カ月以上。思えば回覧板が回ってきたのは初めてだ。

偶然見なかったとは思えない。明らかにこれまではのけ者にされていたということだろう。前田は村八分がいまだに残っていると言っていた。そのとおりだと感じざるを得ない。そして水倉という厄介者が死んで村八分は解除されたのだ。

水倉は日本の農業を復活させることで、日本に伝わってきたよき精神まで復活させたいと言っていた。だが日本人に根づくよき精神というのは何なのだろう。臆病《おくびょう》で嫉妬深く、優れた者がいると引きずりおろして他人の不幸を楽しむような精神しか見えてこない。

――それって、そのまんま俺じゃねえか。

そう思って大地は苦笑する。回覧板を開くと、夏祭りのお知らせがあった。来週の土曜日に中学校近くの広場で花火や夜店、踊りなどが行われるという。廃品回収やごみの出し方について変更があるなどといったことも書かれている。

「大地くん、そこ置いといてね。後でファーマーズ・マーケットに運ぶから」

菊子が声をかけてきた。

「はあい。わかりました」

大地は収穫したトウモロコシを軽トラに積み込む。汗をぬぐうと菊子の方を見た。彼女は夫の死の直後はふさぎ込んでいた。だが通夜と葬式を終え、今は以前以上に働いている。

水倉は死んだものの、契約は続いている。大地は水倉の死後、以前にも増して働いている。中心になっていた米作りは一段落したが、野菜の世話はある。それにしてもこの先、水倉という絶対的存在を欠いたひまわり農場はどうなってしまうのだろうか。

トウモロコシの収穫が終わると、菊子は軽トラでファーマーズ・マーケットに向かった。大地は前田がいるトマト、ナスビ畑へと足を進める。白髪《しらが》頭の人が首からタオルを下げて作業しているのが見えた。

こちらに気づくと前田は一度顔を上げた。

「よう、お前さんか」

どこか寂しげな顔だった。

「収穫できそうですね」

問いかけに前田はああと答えた。トマトは赤い実を結び、素人《しろうと》目にも収穫の季節に入っていることがわかる。ナスビもいい感じで出来上がっている。

前田はトマトを一つ穫ると、こちらに渡した。食べてみろという意味らしい。正直なところ、大地はトマトが苦手だった。どろっとした部分が気持ち悪く、吐き出したくなる。子供のころの嫌な感覚がまだ残っている。ドレッシングを大量にかけて誤魔化さないと食べられない。健康のために時々トマトジュースは飲むが、いつも鼻をつまんでいる。

「試食会だ。食ってみろ」

断ることもできずに大地はそのまま食べる。太陽をいっぱいに浴びたトマトは意外にも非常に甘く、とろけるような味がする。野菜というより果物という感じだ。

「フルーツトマトじゃないが、うめえだろ？　なあ」

前田の問いに、大地は大きくうなずく。本心だ。初めてトマトがおいしいと思えた。前田は少し微笑むが、すぐにため息をついた。

「これも今年までだろうな」

大地は返す言葉がなかった。そうかもしれない。農場は今、多くの野菜が収穫期に入っている。だがそれらは水倉が長年研究した結果生まれた農作物。ひまわり農場の作物はすべて無肥料・無農薬だ。自然栽培によって作られている。その方法は水倉しか知らない。彼の残した設備・農場はあっても大地たちだけで、同じものが作れるはずがない。このトマトもいわば水倉の贈り物とでもいうべきものだろう。今は収穫するだけだが、もう二度と同じものは作れない。

前田は太陽に手をかざす。その方向には大きなヒマワリが幾つも競うように咲いている。二人はしばらくその大輪の花を咲かせるヒマワリを見た。

「太陽のような人でしたよねえ」

前田は少し遅れてからうなずいた。

「ああ、陽太くんの手法は誰にも真似できねえだろうよ」

しばらく沈黙が流れる。

前田はトマトの収穫を始めた。小昼だけが今のところ有名だが、ひまわり農場の農作物はすべてうまい。水倉は世界一の米を作りたいと言っていた。この農場がこのままつぶれていくことはあまりにも惜しい。

「農場、続けていくことはできないんですか」

大地の問いかけに、前田は長い息を吐き出す。

「陽太くんが作った野菜、米に関しては売れるだろうが、問題はこれをどうやって継続していくかだ。気安く無農薬・無肥料というが簡単じゃねえことはお前さんにもわかるだろう？」

そう言って前田は少し歩く。彼の背よりも高く伸びた見事なヒマワリを撫でる。

「まあ、無理だわ」

ここへ来たときは知らなかったが、自然栽培というのは農薬も肥料も使わないやり方だ。光、水、空気……自然本来の力を利用して農作物を育てていく方法。大地もあれから勉強した。中でも重要なのが土らしい。農薬、肥料まみれになった土を洗い清める作業が重要になる。

何年もかけて水倉も土から毒素を抜き、小昼を完成させたのではないか。そして念願の米作りに取り掛かっていた矢先の死……。

前田はしばらく黙っていた。じっと何かを考えている。大地はトマトを収穫しながら、前田が何か言うのを待った。だが前田はかぶりを振る。

「本当にやめてしまうんですか」

問いかけに前田は軽く息を吐き出すと、首を縦に振る。

「ただ単に自然に戻していくというだけじゃなく、それプラス何かが必要だったということだな……

陽太くんにしかできん何かが。本当に天才だったいうことだわ。自然に愛されておった。すべてを彼は誰にも話さんままに逝ってしまった」

大地に返す言葉はなかった。

「世界一の米……実現させたかったがな」

寂しげな前田の背を、大地はただ黙って見つめるだけだった。

夕日を見ながら、大地は疲れを感じていた。それは決して心地いい疲れではない。けだるく、何もしたくなくなるような粘着質の疲れだ。これは今まで新潟市内のアパートで感じていたものと同じ。ここを離れればそういう生活に逆戻りのような気がする。

「この三カ月近くは何だったんだろう」

声に出してつぶやく。水倉という太陽のような人物に出会い、せっかく見えかけた道が途切れてしまった感じだ。オンラインマネーを貯めて、ネットで悪口を書く生活などより、土にまみれて農作業をしている方がずっといい。

とはいえ正直厳しいだろう。水倉亡き今、ひまわり農場を無理に続けていくことは不可能だ。農場経営には金がかかる。青年が夢を追い求める分にはいいが、菊子は陽翔を育てていかなければいけないのだ。こっちの都合で苦しい経営を続けてくれと言っても無理だ。

——帰るか、入善に。

そう思ったとき、一人の女性の顔が浮かんだ。JAの営農指導員、水倉穂乃花の顔だった。彼女が自分を引き留めた。彼女のためならここでずっと暮らしたいという気持ちがついさっきまではあった。だがもう農場がやっていけないのではどうしようもない。穂乃花のことが気になってはいたが、もう忘れた方がいいのかもしれない。

よくひまわり農場にやって来ていたが、水倉の死後は通夜と葬式に姿を見せただけだ。しかも泣くだけであまり手伝いもせずに、すぐに帰ってしまった。実の兄の死がかなりこたえていることは想像に難くない。

「確か、事務所に連絡先があったよな」

大地は事務所に行くと、前田が使っている机の前に立った。物忘れの激しい前田は、机にペタペタと色々な連絡先を貼っている。その中に穂乃花の携帯番号があった。少しためらったが連絡してみることにした。

五回、六回とコール音はする。だが穂乃花は出ない。十回以上、しばらく鳴らし続けてようやく声が聞こえた。

「はい……」

蚊の鳴くような声だった。

「あ、ひまわり農場の小山だけど」

「……ああ、はい」

思い切ってかけてみたものの、いざとなるとそれ以上言葉が続かない。実家に戻るにせよ、せめて何か言っておこうという決意はすでに揺らいでいる。それほど悲しみに満ちた声だったからだ。

「小山さん、何ですか」

洟《はな》をすする音が聞こえた。穂乃花は今まで泣いていたのだろうか。

「あのさ、社長の葬儀の時はほとんどしゃべれなかったし、君は途中で帰っちゃっただろ？　大丈夫かなと思って」

大丈夫なはずはない――わかっているのに言ってしまった。

通話口からは穂乃花の息遣いだけが聞こえる。しばらく沈黙が続き、大地は何か言わないといけない。そういう思いから声を発した。

「農場、もう終わりなんだ。前田さんがそう言っていた」

穂乃花は小さく、えっ、と言った。

「ここが閉鎖されれば、俺も富山に帰ることになる……ただ」

返事はなかった。大地は自分でも何を言っているのかわからなくなった。穂乃花と自分は赤の他人だ。恋人でもなければ、デートをしたこともない。ほんの数回、会話を交わしたにすぎない。

「これはお世辞でも何でもない。社長、いや君のお兄さんのことを俺は尊敬していた。こんな思いになったのは初めてなんだ」

「そう……なんだ」

反応は鈍かった。彼女からしたら自分など、インターンシップでやって来たただの社会不適合者にすぎないだろう。引き留めてほしいなどと思うことは自意識過剰だ。

「社長は自分のやり方は簡単だと言っていたよ」

「兄のやり方？」

　ようやく穂乃花は興味を示してきた。

「二宮尊徳の手法を応用しただけだと言っていた」

「二宮ってあの銅像の人のこと？」

「ああ、金次郎って名前の方が有名かな。社長が言うには尊徳のやり方は徹底した現地主義と創意工夫らしいよ。尊徳は分度を大事にしていたらしい。それ自体は正しいんだろうが、それだけでは具体的にどうやって作物を育てていったらいいのかわからない。おそらく君のお兄さんはその境地に立てたから言えたんだろうな」

「兄がそんなことを……」

「すごい人だったと思うよ。ウチの実家もずっと肥料や農薬を使って農業をやってきた。そうでないと育たないから。害虫にもやられるし。どういうのか最近、昔よりもカメムシの数が増えてきた気がする。調べたら本当に増えていた。だから他の農家は必死で農薬を撒いている。それなのにどういうわけか社長が育てる稲にはカメムシが寄らないんだよ。不思議だったんだが、社長は土から毒素を抜いて、自然本来の免疫力みたいなのを上げることによって強い稲を作ってきたんだと思う」

「それで小山さん、何が言いたいの？」

　問いかけられて大地は少し言葉に詰まった。水倉のことを褒めているうちに、いつの間にか言いたいことが変わってきている。

「前田さんとかは無理だと言っているけど、ひまわり農場、続けていくことは可能だということだよ。水倉社長が長い年月をかけて畑も水田も素晴らしい土に変えてくれた。もちろんどうやって保持していくかの問題はあるけど、やれるだけやりたいんだ」

穂乃花はしばらく黙っていた。じっと何かを考えている様子だ。大地は受話器のコードを丸めつつ、穂乃花が何か言うのを待った。

「厳しい……そう思う。秋にかけて労働力は小山さん一人でしょ。これでは無理。それに自然栽培なんだけど、そんなに単純じゃないのよ。そんなに簡単にいくなら誰も苦労しない。鶴巻という脱サラしたオジサンが農場によく来るでしょ？　彼は慶応出のエリート銀行員だったんだけど、土が大事だと教えられてもうまく作れないの」

穂乃花に大地は食ってかかった。

「その人はゼロから作ろうとしているからだよ。ひまわり農場はそうじゃない。今ある土壌を使って無肥料・無農薬で自然栽培をしていけばいいと思う。俺も手伝わせてほしい。社長のようにはいくはずないけど、かなり慣れてきた。若い労働力は絶対に必要だろ？　無駄にしたくない。ひまわり農場の畑も水田も社長からの贈り物、遺産だと思う」

「小山さん……」

穂乃花の声には少し生気が戻ってきたように思う。

「社長の夢は誰かが継いでいかないと。俺も協力したい」

「ありがとう……わたしも、頑張ってみます」

それから少しだけ話して通話は切れた。

今言ったことは、穂乃花を励ましたいという純粋な思い、いやもっと単純でいい恰好をしたいという思いからなのかもしれない。まるで新潟駅で再会した大学時代の女友達の時のように。無責任だな……自分でもそう思うが、今さら後には引けない。

大地は事務所から外に出て緑色の稲を見つめた。作り手の死にもかかわらず、稲は順調にすくすくと育っていた。

3

夏休みに入ってから、しばらく経《た》った。

小学生の時から思っていた。休みは一カ月以上あるが、楽しいのは七月中だけだと。八月に入ると休みが日常化し、だんだん溶けていくだけという感じになる。特に高校野球が終わるころには、何ともいえない寂しい気分になっていく。セミの鳴き声が変わり、もう終わりだよと苦しそうに鳴くのがつらかった。

だがこの夏休みだけは別だ。初めから空《むな》しい。父さんが死んでから何をやっていても面白くない。心に風穴が開くというより、何かがいつもねちゃっとへばりついているような感覚だ。何をしていても父さんのことが浮かんでくる。父さんに言わずにラジコンを見に行ったことがずっと心に引っかかっている。僕のせいで父さんが死んだんじゃないのか……そんなことすら心に浮かんでくる。

体操着に着替え、スポーツバッグを持って外に出た。部活に行こうと自転車のスタンドを上げたとき、庭に誰かが入ってきた。

「ハルトくん、いいか」

その声に陽翔は無言で顔を上げる。宗村だった。海苔をはりつけたような眉毛が、溶けかけの雪だるまのように少し下がっている。

「何ですか」

宗村はさみしげな表情でこちらを見ると、ポンちゃんに視線を落とす。知らない人にはよく吠えるのに、どういうわけかポンちゃんは大人しかった。

「これから部活かな」

「そうですけど」

一度言葉が途切れる。陽翔も何も言わない。少し間が空いた。

「わしも昔、母親を亡くしたんだわ。まあ病気で入院した後だったし、比較はできんけどな。ハルトくんは不意打ちだったし、その……何というか自分で見つけたんだしな。まあそれでもつらいもんだわ、自分の母がもう助からんって言われたときは。だんだん弱っていくのを見ているってのは……」

「そうですか」

「ごめんな、うまいこと言葉にできんわ」

励ましてくれていることはわかる。だが励ましはうまくないようだ。宗村もだいぶ前に親を亡くくした――そう言われても何の慰めにもならない。だから何なんだと思ってしまう。

再び沈黙が訪れた。宗村は長い息を吐き出した。

「ハルトくんよ……確認だがあんたが陽太さんを発見したんだな」

その問いかけは、それまでの口調とは何かが違っていた。

「はい、そうですけど」

「おかしな点、なかったかなあ」

続いて出た問いに陽翔は黙って宗村を見た。

おかしな点――意味ありげなその問いかけについて考える。いや、宗村がこんなことを言いだした理由について考えた。どうしてこんなことを聞くのだろう。お父さんは田んぼに落ち、用水路で頭を打って死んだ。それだけだろうに。

「知っとると思うが、わしは警察官だった。だが刑事ではなかった。新潟のあちこちを駐在として回っていたわけで、殺人事件とかの捜査はしとらん」

「どういう意味？」

問いかけると、宗村は薄くなった頭髪をボリボリと掻いた。

「いや、陽太さん……もう葬式が済んだんだろう？　えらく早いと思ってな。死因について少しだけ調べたんだが、よくわからんのだわ。解剖はしたらしいが、頭を打って死んだくらいしかわからん。何でもトラブルが色々あったって聞いたし。よそもんということもあって嫌がらせもいろいろ受けていたらしいじゃないか」

「父さんは殺されたとでもいうんですか」

「そこまでは言わんよ。けどそんな単純な事故だったのか……とは思う。前田さんや小山という住み込みの青年の話では、田んぼに自転車のチェーンが投げ込まれていたり、殺すぞっていう脅迫電話がかかってきたりしたそうだ」

それは知らない事実だった。

父さんやお祖父ちゃんは僕を心配させまいと黙っていたのか。

「わしは刑事ではないが、そういう地域住民の相談には色々乗ってきたからなあ。中には重要な事件もあったよ。特に農村いうんは独特の価値観で動くトコがあるんだわ。社会的には文句なく犯罪だが、しきたりではそうではない。その犯罪を暴くべきかどうか、悩むときもある。まあ念のためだよ。捜査権限なんぞわしにはないし、納得したいだけだ」

陽翔はしばらく黙っていた。宗村の言葉は、心の奥に沈殿していた記憶を呼び起こす。朝焼け、ひんやりとした空気、山鳩、ラジコンヘリ、オレンジ色の旗、巨大な剣山のような緑色の稲……そうだ、それ以外にもあの時僕は見た。父さんが倒れていたあぜ道にあった穴を。そして逃げるように去っていった軽トラックを。

「何か思い出したのかい」

宗村の問いかけに陽翔は大きくうなずく。

「聞いてください」

軽トラや穴のことを話すと、宗村はしばらく考え込んだ。だがこれが事件であるというまでの確信は持てないようだった。陽翔ももう一度考える。何かないかと。

「ねえ、宗村さん、ニブって何かわかる？」

問いかけに、宗村は小首を傾げた。

「ニブ？　どういう時に使われた言葉だね」

問い返されて陽翔は説明する。それは通夜の時に山本という人が駐車場で言っていたことだ。父さんの葬儀のことをそう呼んでいたように思う。

「そうかい」

ため息が混じっていた。

「宗村さん、どういう意味なの？」

自分だけで納得してしまった宗村に陽翔は問いかける。だがどういうわけか宗村はちゃんと答えてくれない。

「教えてください。お願いします！」

それは叫びにも似た懇願だった。宗村は真剣な陽翔の瞳に耐え切れなくなったのか、少しさみしげな顔をしつつ小さな声を出す。

「葬式と火事のことだよ」

「えっ、どういうこと？　わけわからない」

宗村は軽く首を横に振る。

「村八分といって仲間外れにされている農家でも、葬式と火事の時は協力してもらえる。それが二分。残りの八分はのけ者だ。つまりそいつが言いたいのは、君のお父さんが仲間外れにされていたということだろう」

その時、陽翔の中で何かがはじけた。

父さんは仲間外れにされていた。誰よりも一番頑張っていたのに……。浮かんだのは通夜の時に見せた山本の顔だ。そんな意味があったのか。声などは出ない。だがそれまでの悲しみに代わるように心の奥で憎しみがたけり始めている。バチバチと竹が爆《は》ぜるように音を立てている。宗村は言ってから少し後悔したような顔だった。

「だが陽翔くん……」

「教えてくれて、ありがとう」

陽翔は遮って、うつむいた。自転車にまたがると、両方の足が地面にべたっと着いた。背が伸び、サドルを上げようと思いながらなかなかできない。宗村の横を通り過ぎ、心の中に芽生えた感情を誤魔化すように立ちこぎで中学校へと向かった。

古い体育館の中は熱気であふれ返っていた。

だぶだぶのゼッケンは汗まみれだ。空調も効いておらず、汗が玉のように落ちていく。夏休みに入ったが部活はある。陽翔はバスケ部の練習に出た。

――父さんの死は本当に事故だったのか。

その思いが浮かんだのはさっき宗村と話していたときだ。父さんは用水路で頭を打って死んだという。解剖はしたらしいけど、事件性はないと言ってそれほど詳しくは調べていないらしい。あの時意味不明の穴が開いていて、宗村は父さんはあれに足をすくわれたのではないかと言っていた。

でも自分で落ちてそうなったなんてどうして断定できるのだろうか。さっきからずっとその思いが離れない。宗村は父さんが村八分にされていると説明した。まったく知らなかったが、それが本当なら誰かに突き落とされたとかもあり得る。

そういえばあの時、誰かが軽トラで走り去った。ウチが村八分にされていたなら、どうしてあのあぜ道に誰かがいたのだろう。絶対に納得がいかない。子供だからといって馬鹿にしているのだろうか。

その時、失笑が起こった。

どうしたのかと見ると、森山楓が、ランニングシュートを外したらしい。またかよという上級生のつぶやきが聞こえる。簡単なシュートだが、うまい人でも絶対に外さないわけではない。キャプテンなどが外せば、それをネタにして逆に盛り上がる。だが楓は入る方が珍しい。入部後ほとんど上達しておらず、それが笑いの種になっている。冷たい笑いだ。

顧問の先生は気づいていないが、楓はいじめられている。殴る蹴るの暴行はないがバッシュにつばが吐きかけられていたり、帽子を隠されたり、無視されたりしている。陰湿で表面化しにくいいじめだ。かくいう陽翔も傍観者という立場でそれに参加している。彼がへまをするたびに笑うこともある。だがこの時陽翔は笑う気になれなかった。ニブ――その言葉が頭の中をアブのように飛び回っていたのだ。

練習の最後は試合形式になる。一年生はボードで点数付けだが、一試合が終わると、キャプテンがこちらにやって来た。

「おいハルト、お前入れ」

「え……あ、はい」

同級生の部員がうらやましそうに見ている。陽翔は三年生の中に入って試合に出た。体格が違うので苦労したが、何とかついていく。レギュラーで百八十センチ近くある部員がドリブルしてきた。陽翔はマークに付く。その部員は指を立てて作戦の指示を出していた。だが隙《すき》があったので何気ない顔をしながら陽翔は近づき、低空でボールを奪った。

「ああっ！」

歓声が起こる。陽翔はレギュラーの三年生から奪ったボールをドリブルしてシュート、楽に二点を奪った。

「やるじゃねえか」

キャプテンが感心しながら言った。その後も陽翔は三年生の中で無難にプレーをこなしていく。体格差でどうしようもない部分もあったが、スピードで補う。

仲間の三年生からパスを受けた陽翔は、別の人にパスをしようと思った。だが何となくそうしてはいけない気がして、一度パスをする恰好をしてからシュートを放つ。白い線の外、スリーポイントシュートだ。

——多分、これは入る。

陽翔は放った瞬間にそう思った。ボールは大きな弧を描き、ボードやリングに当たることもなくネットに吸い込まれた。おおという声が起こった。キャプテンも顧問の先生も目を丸くしている。陽翔は恥ずかしげに下を向いた。

やがて夕方になって練習は終わった。

体育館の片付けは一年生の仕事だ。陽翔もボールを鉄格子のようなボール入れに放り込むと帰ろうとする。

「マジですげえよ、ハルト」

みんなが声をかけてきた。キャプテンもニコニコしている。彼は県のベストメンバーにも選出され、スポーツ推薦で工業高校に進学するようだ。

「スリーポイントあっただろ？　何であそこシュートだったんだ」

頭をボリボリ掻きつつ、陽翔は答えた。

「何となくです。流れっていうんですか。打った方がいいって」

「俺も同じこと思ったよ。あそこはシュートの流れ。やっぱわかっているんだな。それに打った瞬間に入るって思ってただろ？　打ってからしばらく人差し指が動かなかった。あれは自信があるときだ。自分のシュートの快感に酔うんだな。俺もそうなることがあるよ、特に人差し指が気持ちいいんだ。動かしたくなくなる」

「僕のはまぐれなんで」

「謙遜すんな。それとも俺の目が曇ってるっていうのか」

「そんなこと……」

「はは、再来年はお前がキャプテンだ」

背中をポンポンと叩くと、笑顔を残してキャプテンは去っていく。

キャプテンに褒められ、少しは気持ちよかった。ただやはりもやもやは消えない。一瞬だけ雲が切れたがすぐにもやもやの雲が覆い隠していく。何なんだろう。一生このままなんだろうか。そんな思いが湧《わ》いてきた。

ウォータークーラーで大量に水を飲むと、胃がもたれた。陽翔は職員室に鍵を返す当番だったのを思い出す。もう一度体育館に戻った。明かりは落ちていた。誰もいないと思ったがジャラジャラと音がする。

誰かがいる。鎖を引きながらバスケットボードを上げている。陽翔は黙って鎖の方へと近づく。そこにいたのは森山楓だった。おそらく上級生に上げておくように言われたのだろう。だが要領が悪く、手間取っている。

陽翔は無視しようかと思ったが、近づいていく。黙って楓の横で鎖を引き始めた。楓は驚いた顔で陽翔を見る。やがてボードは十分に上がった。

「あ……ありがとう水倉くん」

楓はぺこりと頭を下げた。陽翔は何も言わない。

「すごいよね、水倉くん……三年生の中に入っても十分やれてるし」

「父さんが死んだからさ。だからみんな憐《あわ》れんでくれているんだ」

「そんなことないよ。本当に水倉くんはうまい」

陽翔は応《こた》えなかった。これ以上こいつとしゃべっていると友達と思われそうだ。背を向けると体育館の鍵をくるくると回す。早く出ていけという意味だ。

「ありがとう、忘れないから」

楓は出口へと駆けていく。相変わらずどんくさい走り方でこけそうになっている。どういうわけか楓は泣いていた。大げさな奴だなと陽翔は思う。こんなことがそれほどまでに嬉しかったのだろうか。ただ陽翔は思う。気分は試合に出ていたときより悪くない。キャプテンに褒められるより、今のありがとうの方が嬉しかった。

職員室に鍵を返すと、自転車にまたがって帰路に就く。この辺りで一番大きいスーパーに寄ってアイスを買って食べた。食べながら考える。

――何で手伝っちまったんだろう。

ふとそう思った。無視されている楓に話しかけると、こちらまでとばっちりを食う……最初はそう思った。だが内心は違う。こうやってあいつの手伝いをした以上、誰かが見ていれば同じことだ。それでもそうせざるを得なかった。

浮かんできたのは村八分という言葉だ。

父さんは村八分にされていたと宗村が言っていた。だがそのことを陽翔は何も知らなかった。母さんも、お祖父ちゃんも、大地でさえ、みんな知っていたのだ。知っていて隠していたのだろう。心配させないために。

父さんは仲間外れにされていた。言い換えるとみんなにいじめられていた。自分でもやっとわかった。楓を手伝ったのはきっとそのためだ。

——父さんのこと、このままにはしておけない。

気づくと手に持っていたアイスが溶けて、アスファルトに落ちていた。

陽翔は自転車をこぐ。向かう先は警察署だ。

ラジコンヘリを見せてもらいに行ったときに合図マンをしていた男性がいた。確か彼は刑事だと宗村が言っていた。五百川という名前だったように思う。

八月を目前に控えたこのころの稲は綺麗だ。

新潟平野は一面緑色に覆われている。風にさわさわと稲がかすかに音を立てている。陰になった部分が少し黒く、人文字のように何かが書いてあるように見える。

風でその陰の部分も移動していく。まるでウェーブ。気温はまだ高いが、乾燥しているからそこまで暑くは感じない。汗は乾き、練習の後なので塩のようなものが浮き出している。頰に風を感じつつ、陽翔はしばらく進んだ。

自転車は新潟市内を北へ向かう。ひまわり農場とは逆方向だ。この辺りは住宅が多く建っていて街を形づくっている。やがて警察署が見えてきた。自転車を駐輪場に停めると中に入る。警察署に来たのはそれほど前ではなかった。父さんの免許の書き換えで来たことがある。陽翔は受付のようなところで、女性警察官に話しかけた。

「ボク、何か用事かなあ」

彼女はそんな口調だった。少し不良っぽい髪型にしてあるが、まだ顔や体つきが子供なのでそういう扱いなのだろう。陽翔はムッとしながらも事情を話す。最初はまともに相手にしてくれない様子だったが、父がひまわり農場を経営していたこと、先日死んだことを告げると少し聞く耳を持ち始めた。

「ああ、ひまわり農場の子なの……ごめんね」

陽翔はこれまであったことについて彼女に話す。だがすでに事故として処理されている事件だ。予想通りあまり反応はよくなかった。

「怪しい軽トラがいたんですよ」

そのことを強調して告げたが、彼女はうーんとうなるだけだ。ダメだ。やはりこの人では話にならない。

「五百川さんを呼んでください。五百川刑事ならきっと僕の話を信じてくれる」

大声だったので何人かがこちらを振り向いた。女性警察官は困った顔をしている。だが陽翔は梃《て》子《こ》でも動かないという態度をとった。

「仕方ないわねえ、ちょっと待ってて」

五百川刑事が現れたのはそれから三十分ほどしてからだった。

野暮ったいメガネをかけていて、以前よりも老けて見える。ただのおじさんという感じだ。彼は陽翔に気づくと、苦笑いのような笑みを浮かべた。

「じゃあこっちで話を聞くよ」

案内されるままに陽翔は奥の部屋に向かった。イメージしていた取調室とは違って、書類が雑然と置かれている部屋だった。少し離れたところではミニカーを使って他の警察官が交通事故の様子を聞いている。陽翔は女性警察官の時と同じように、自分が見たすべてを語った。五百川は軽トラが逃げていったことに少しだけ反応した。

「その軽トラ、ナンバーとかはわかるかい」

問われたがわからない。正直に答えるしかなかった。

「車種はキャリイだったと思います。絶対おかしいですよ」

五百川もそうだね、と応じた。質問を中断して少し考えている。陽翔は父さんが村八分にあっていたことを告げる。自転車のチェーンを水田に投げ込まれたこと、脅迫電話があったこと、それ以外にも嫌がらせがあったことを話すと、五百川は意外そうな顔をした。検討する必要がある……そんなことを言っている。だがどこか真剣でない。こちらの言うことを受け流し、できるだけ早く終わらせたいという意図が見える。

それから陽翔は知り得たすべてのことを話したが、反応は同じだった。暖簾《のれん》に腕押しという覚えたての言葉が頭に浮かんだ。

「じゃあ今日はありがとう。情報をくれて。送っていこうか」

「いえ、自転車ですから。自分で帰ります」

少し憤るように言って、陽翔は警察署を出た。

外はすでに暗くなっていた。

JAの近くを通りかかると、祭りの練習をやっていた。ペンギン村がどうとかと、よくわからない歌詞の曲が流れてくる。古い曲のようだ。やがてひまわり農場の水田が見えてきた。そのあぜ道に来たとき、心のどこかが痛んだ。

ここに来たのは久しぶりだ。あの日、ラジコンヘリを見た後でここに来た。別に来たかったわけではなく、通りかかっただけだ。それでもここは一生忘れられない場所になった。だが逃げていてはいけない。父さんが誰かに殺された可能性はある。警察は相手にしてくれないが、このままにしてはおけない。

陽翔は自転車を停めると、あの朝のようにあぜ道の上に立つ。確かにここから軽トラを見た。ナンバーはいくら思い出そうとしても無理だ。多分見ていない。

――それよりも問題なのはこの穴かもしれない。

陽翔はそう思いつつ、直径三メートルほどの穴を見た。あれから少し時間が経っているので、えぐれたままの状態ではない。雨が降り、草も伸びている。深さはない。水たまりができる程度だ。草の伸びた今、意識しないと穴であるということもわからない。ただ少しへこんでいるだけだ。

重要なのは、この穴があの日までなかったことだ。

毎日見ていたわけではないので断定はできないが、まずなかったと言える。あの日見た穴は掘ったばかりという感じだった。おそらく掘られたのは当日、しかも掘ったのは父さんではない。何故なら掘る道具など周りになかったからだ。そうするとやはり怪しいのはあの軽トラの人物だ。軽トラの人物がここに穴を掘る意味なんてあるのだろうか。

その時、嫌な想像が湧いてきた。最初はそうでもなかったが、しばらく考えるとそうかもしれないと思えてきた。あの軽トラの人物は……。

――父さんの遺体をここに埋めるつもりだったのではないか。

少し遅れて推理は連鎖する。もしそうならあの人物は父さんを殺したことになる。そう考えた方が自然だろう。五百川刑事の話では、頭部以外に外傷はなかったという。だが逆に言えば頭部の外傷、それは本当に側溝で打ったものだろうか。そこまで徹底的に調べたのだろうか。

警察の事情はよく知らないが、不審な死の際、すべてが完全に明らかにされるわけではないらしい。もし誰かが父さんを殴って殺し、ここに運んだとして本当にばれるだろうか。父さんの遺体は早くに荼毘《だび》に付されている。どこまで調べたのだろうか。あるいはこうも考えられる。自動車事故だったと。この近くで父さんを撥ねた誰かが、父さんの遺体を隠そうと穴を掘った。撥ね上げられた父さんは水田に落下。こういうことだって想定できる。

いずれにせよどう考えても不審な点が多い。みんな解剖の結果だけを信用し、それまでの偽装工作の可能性を見ようとしない。あの朝ここにいて、僕と同じように目撃していたら誰でもおかしいって思うはずなのに。くそ……信じてほしい。誰か信じて。絶対に見たんだ軽トラを。陽翔は叫びたい気持ちだった。

その時、稲が不自然な動きをした。

風ではない。稲に何かが隠れていてざわざわと動いたように思えた。陽翔は父が遺《のこ》した水田の稲を見る。そこにいたのは小さな白い虫だ。

「これは……カメムシ？」

稲から養分を吸い上げ、かびさせるカメムシが大量に湧いている。正確にはアカヒゲホソミドリカスミカメムシだ。陽翔は田んぼに入ると、稲にくっついているカメムシを払いのける。だがその行為が無駄であることはすぐにわかった。他の稲にもカメムシはびっしりとしがみついていたからだ。水のはられた水田に陽翔は力なくへたり込んだ。

どうして！　空に向かって叫んだ。何故ウチにはこんなことばかり起きるの？　父さんを奪うだけでは飽き足らず、父さんが遺したこの米までダメにしていくの？　父さんが見た夢――そのすべてが音を立てて壊れていく気がした。

4

無農薬での米作りは大変だ。

除草剤も撒かないので、草が梅雨時から一気に伸びてくる。朝露にまみれている間に草刈り機で刈り取ってやるのが基本だ。だがこの日大地は汗まみれになりつつ、昼の暑い間に草を刈っていた。肩から掛けるタイプの草刈り機を使っている。

日焼け止めを塗っているが、顔や腕はいつの間にか黒くなっている。気づかない間に贅肉《ぜいにく》が削《そ》げ落ち、筋肉がついていた。大地はバリバリと音をさせつつ草を刈り取っていく。だがさすがに限界になってきた。草刈り機のエンジンを止める。

凍結させてきたスポーツドリンクを飲む。胃の中にアミノ酸がしみ込んでいく。

プハーっと息を吐き出した。生き返る思いだ。刈り取らないといけない雑草はまだかなりの量だ。先日、穂乃花と約束した。この農場を守っていくと。言うのは簡単だったが、どうなることやら。

「さて、やるか」

休憩を終えると、大地は草刈りを再開した。

想像以上に時間がかかり、暗くなってきた。これ以上は無理だろう。今日はここまでだ。気が遠くなるが、水倉はこんな量を一人でこなしてきたのかと改めて思った。

農場に戻り、農具を整理していると腹が減って雷のように轟く。それに呼応するように携帯が鳴った。陽翔からだ。

「ハルト、どうしたんだ」

陽翔はどうやら水田にいるらしい。ちょっと来てくれと言う。

「何かあったのか、ハルト」

「いいから来て、大変なんだ」

陽翔は懐中電灯を持って来るように言った。大地は仕方なく、自転車に乗ると水田に引き返す。とっぷり日が落ち、ライトが新潟平野を照らし出す。腹の虫が何度も鳴く。

やがて水倉が死んだ水田にたどり着く。この辺りはまだ草刈りができていない。そこには陽翔や前田、菊子がいてじっと水田を眺めていた。

水田の前に立つ誰もが無言だった。大地も言葉が出ない。その水田には稲が青々と育ち、さわさわと音を立てていた。少し前までは鳥たちの楽園だったが、主《あるじ》は変わってしまった。今はカメムシの楽園と化している。

農薬散布が終わった隣の水田にはカメムシはいない。いるのはひまわり農場の水田だけだ。綺麗にセパレートされている。前田も菊子も何も言わない。

「何でウチだけなんだよ」

陽翔は前田から懐中電灯を借りて水田を照らす。悔しさをにじませていた。大地は声をかけることもできない。確かにここだけ……。だが考えてみれば当然だ。誰も好きで農薬を使っているわけではない。健康によくないと思いつつも、そうしないとカメムシにやられてしまうからだ。ひまわり農場では無農薬で米を作っている。当然そうなってしまう可能性は高い。

しばらくして前田が口を開いた。

「本当はこれくらい問題ないんだがな。カメムシに食われても味には影響ないし、当然、健康にも無関係だ。だからコスメティック害虫っていわれている。ただし見た目は悪くなるな。斑点米が農産物検査規格では千粒に二つ以上あると二等級米となって値段が下がる。さらに多いと三等級。もっと値段が下がる。一等米、二等米という格付けは米の良さとは何の関係もない。問題は斑点米や胴割米《どうわれまい》の多さだからな。おかしな制度なんだわ。それでも一つランクが落ちるだけで収入にまともに影響するから、到底無視できん。こんなしょうもない制度のせいで農薬を撒かんといかんようになる」

「そうなんですか」

「この制度、決して消費者の方は向いておらんよ。本当だったら少々見た目が悪くても味などには影響ないってことをちゃんと広めるべきなんだわ。でもそういうこともなく真っ白い米の方がいいっていう考えになる。いや、そういうのを求める消費者も悪いんだろう」

思い出すのはバナナだ。バナナは綺麗な黄色をしているより黒ずんでいる方がおいしい。逆に綺麗なバナナは固くて食べられないこともある。それでも汚いバナナは買いたくないという心理もある。コスメティック害虫か……。JAというより見た目だけを気にする消費者に問題があるようにも思える。情けないことに、大地はそんな初歩的なことも知らなかった。菊子は当然として、陽翔ですら知っている様子だ。確かにおかしな制度だ。

「カメムシなんぞ昔は少なかったんだ。それが最近になって増えてきておる。わしは農薬とかを撒いて、自然を壊してきたからだと思うとる。陽太くんのやり方は可能な限り自然に近づけるというやり方だった。もちろんそれだけではないだろうが。だからこそわしも共感し、この広い先祖代々の土地を任せたんだわ」

「でもお父さん、おかしいわよ」

菊子が横から口を挟んだ。

「あの人のやり方なら、すぐにカメムシが寄ってくるはずはないんですもの」

菊子は目を充血させていた。気持ちはよくわかる。愛する夫の死からまだ間もない。水倉が遺したものが音を立てて壊れていく——そんな感覚なのではないか。水倉の生きた証が消えていくことに耐えられないということだ。

「だってあの人がやろうとした基本は土だったから。強い農作物を作るためにはまず基本は土、土壌をいかにして再生させていくかがすべてだってよく言っていた」

「菊子……」

「わたしは覚えているわ。小昼を作るときもそうだった。失敗を繰り返しながらもそのたびに前に進んだ。のろのろと、それでも確実に進んでいったの。あの人がやろうとしたこと。それは結局、土の再生っていう一言に尽きる。農薬や肥料で汚染された土をいかによみがえらせて自然の状態に戻すか。米だって同じよ。土が再生されたならウチの新しい無農薬米は強くなっているはず。農薬は文字通りクスリによる対症療法だけど、あの人の方法は免疫を強めていく、自然治癒力を高める療法。カメムシなんかに負けるはずがないのよ」

誰も反論はしなかった。理屈ではそうなのだろう。だが現実はこれだ。ひまわり農場の水田だけにカメムシが取りついている。自然治癒力を高めていく方法も絶対ではなく、場合によっては薬による対症療法の方が勝ったということなのだろう。またこうも考えられる。他の水田が農薬を散布されている以上、カメムシは散布されていないひまわり農場に集中したのかもしれないと。いわばこのひまわり農場は虫にとって暗闇《くらやみ》の中に光る外灯だったのではないか。

「いや、でも待てよ……」

あごに手を当ててつぶやく大地を、他の三人は見た。

「どうしたのよ」

「ちょっと来てください」

大地はそう言って、三人を手招きする。どうしたんだと問いかける陽翔に大地は答えることなくしばらく歩く。さっきまで草刈りをしていた水田に向かった。大地は田んぼの中に入ると、稲を手に取って見た。

「やっぱり……」

「どうしたんだ、大地くん」

「前田さん、これ見てください」

大地はよく育った稲に懐中電灯を向けた。

ライトは水田を照らし出す。稲が青々と茂っている。前田や菊子、陽翔は言われるがままに稲を見た。

「ね？　カメムシ、こっちにはまったくいないでしょう」

「ああ、そう言われるとそうだな」

「おかしいと思っていたんですよ。さっきまで僕はひまわり農場の水田、かなりの部分を草刈りで回っていました。その時はカメムシ、いませんでしたから」

「間違いないの？　大地くん」

菊子の問いに、大地はうなずく。

「よし、念のために他の水田も見まわってみるか」

前田の提案に、誰もがうなずいた。四人は手分けして水田を見て回る。前田と菊子は軽トラで遠くの水田を見に行き、大地は水倉が死んだ水田近くを見て回ることにした。

「やはりいないいな」

かなり時間をかけて見たが、カメムシはいなかった。やがて懐中電灯の光が見えた。陽翔が真剣な表情で稲を観察している。

「ハルト、ここにいたのか」

陽翔の懐中電灯は、稲を照らしている。水倉の死んだ水田横にあるあぜ道を挟んだ水田にはカメムシはいない。

今度は逆方向を懐中電灯で照らしてみる。そこは水倉が死んだ水田。だがここには忌々しいカメムシがうごめいている。どういうことだろう？　農薬を散布した他の水田とひまわり農場の水田に差が出るのはわかる。当然ともいえる結果だ。だがどうして同じひまわり農場の水田でこんなに差が出ているのだろうか。

その時赤い軽自動車が停まり、前田と菊子が顔を見せた。

「おおいハルト、大地くんも」

前田は前置きした後、大声で叫んだ。

「いなかったぞ。他の水田にもまったくカメムシはいなかった」

「本当ですか」

「ええ、ここだけよ。しっかり見てきたけどこの水田だけがやられているみたい。ここ以外は全部大丈夫だったわ」

菊子が助手席から声をかけた。結局ここだけだ。水倉が死んだ水田だけ。ここはひまわり農場の一部にすぎない。おそらくカメムシにやられたのは全体の十パーセント以下にとどまるのではないか。大地はよかったと喜ぶが、陽翔はそんなそぶりは見せず、真剣にあぜ道の様子を観察していた。

「どういうことなんだろう。このあぜ道を挟んでこんなに綺麗に分かれている」

「確かにそうだな」

水倉はこのあぜ道で足を滑らせたと警察は見ている。そしてこのあぜ道を挟んでカメムシが発生したりしなかったりしている。これは偶然なのだろうか。あぜ道に何の意味がある？　カメムシは平気で飛び越えていくはずだ。こんな疑問は取るに足らないものなのかもしれない。だが本当に水倉の死は事故だったのか……大地の心にふっとそんな思いが浮かんだ。

大地は陽翔を見た。少年のつぶらな瞳はじっとカメムシのいる水田を見つめている。いや、問題は、単にカメムシがいるということではない。重要なのは父親がここで死んだこと――大地と同じ考えに至っているように思える。一時の興奮が沈静化し、今は冷静にそのことを考えているようだ。

「絶対に……絶対におかしい」

陽翔はつぶやいた。絶対というのは言いすぎだろうが、おかしいことは確かだ。水倉の遺していった水田はきっとこれからも大丈夫だろう。それは遺産と呼ぶにふさわしいものだ。だが彼は同時に謎も残していった。その死の意味はまったくわからない。

水倉の死後、陽翔はずっとそのことを考えてきたのだろう。普段は生意気だが、本当は心の優しい少年なのだ。何とかしてやりたいと思った。

「いずれにせよ、今日はもう帰るか」

前田の提案に、大地はうなずく。

そこで三人とは別れた。大地は一人、自転車に乗って農場へ向かった。ドンドンという太鼓の音に混じって、音楽が聞こえてきた。祭りの練習をやっているのはさっき見た。アラレちゃん音頭がかかっている。もう三十年くらい前の曲だろうに、ずっとこの曲なのだろうかと思った。そういえば大地のいた集落でも最近まで、盆踊りになるとこの曲がかかっていた気がする。田舎の時間はゆっくり流れているということか。

ひまわり農場に着いたときには、夜の九時になっていた。

大地はふうと息を吐き出す。水倉の死は事故でない――自分にもそう思える。だがどうやって明日から犯人を捜せばいいのだろう。まだ何も見えていない。

「あれ、こんな軽トラあったか」

農機具の置いてある倉庫近くには玉ねぎが大量に吊るされている。だがその前に一台の軽トラが停まっていた。燕の絵が描かれた神社のお守りが吊るしてある。

軽トラは見たことのないものだった。前田が乗っているのだろうか。鍵をぶらぶらさせつつ、いつも寝ている農場端の事務所に向かった。

「あれ……」

大地は二階を見上げる。事務所には二階に向かうらせん階段が設置されているが、その上の部屋に明かりがついているのだ。こんなことは初めてだった。

大地は少し気になってらせん階段に向かった。前田がいるのだろうか。この階段は使われていない時期が長かったようで錆《さ》びている。嫌なきしむ音がした。それでもいきなり崩落するようなことはないだろう。大地は一段一段、上っていく。

部屋の中からドタドタと物音が聞こえる。何をやっているのだろうか。だが階段を上っている途中で電気が消えた。

「前田さん、どうしたんですか」

大地は外から声をかける。

「小山ですけど、どうかしましたか」

だが返事はない。

まさか泥棒なのか？　不審に思い、大地は手をかけたままノブを回すのをためらう。いや、こんなところに空き巣が侵入するだろうか。そう思い直してドアを開けた。

中は真っ暗でよく見えなかった。

上から電灯の紐がぶら下がっているのだけはわかった。大地は紐に手を伸ばす。その瞬間、後頭部に衝撃があった。

体が前のめりに倒れる。だが意識は飛んでいない。くらっと来ただけだ。机に手を突くと書類のような物を踏んで足が滑った。倒れ込んでうつ伏せの状態で静止した。

何があった？　うつ伏せのまま考える。前に進んでいたときに後ろから衝撃を受けた。何かにぶつかったわけではない。誰かに殴られたのだ。

——どうして？　誰が俺を？

そんな問いはすぐに消えた。かき消したのは音だ。静寂の中、聞こえるのはアラレちゃん音頭、そして誰かの息遣いだ。その音は決して大きくはない。だが確かに存在した。大地の心臓を鷲づかみにするように。

まだ犯人はここにいる。恐怖があった。あの軽トラを見たとき、どうしてもっと怪しまなかったのか。どうして前田だなどと安直に考えてしまったのか。

息遣いは大地に近づいてくる。

どうする？　大地は必死で考えた。抵抗するか？　だがこの体勢では不利だろう。最近は農作業で鍛えているが、体力には自信がない。ダメだ……俺は勝てない。そう思って気を失ったふりをした。

しばらく襲撃犯は大地を見下ろしていた。大地は震えていたが、その震えさえ気づかれないように何とか自分を制した。助けて……目を閉じながら必死でそう願った。泣きそうになった。どこか果てしもない遠くから、アラレちゃん音頭がかすかに聞こえてくる。

一歩、また一歩とゆっくり足音は近づいてきた。もしかするととどめを刺されるかもしれない。この選択でいいのだろうか。大地は目を開けると床に手を突いた。

——もう一歩近づいてきたら、無茶を承知で逃げよう。

大地は決意した。だが息遣いだけが聞こえ、それ以上足音は近づいてこない。代わりに何か紙のようなものを拾い上げる音がした。何をやっている？　気になったが振り返ることはできない。消えてくれ……大地はそれだけを祈った。

やがて紙が床に落ちる音がした。続いて長い息を吐き出す音が聞こえ、襲撃犯は階段を駆け下りていく。

消えた……こっちが気絶したと思い込んでどこかへ行った。緊張が緩む。安堵感があった。それでも大地はしばらくその姿勢をとり続ける。襲撃から今まで、きっと時間にして一分にもならないだろう。それなのにあまりにも長い時間が経過したように感じられた。

車の走り去る音が聞こえた。

ようやく緊張が解ける。大地は背中にかすかな重みを感じた。何枚かの紙が載っている。体を起こすとその紙を見た。だが暗くてよくわからない。立ち上がろうと左手を突くとそこにも紙があった。どうやら辺りに散らばっているようだ。体の上に載っていたことに意味はない。滑ったときに載っただけだろう。

立ち上がった大地は天井から吊り下げられた電灯の紐を引く。
二、三度点滅してから室内は明るくなった。
「助かった……のか」

室内を見渡す。長い机が二つとパイプ椅子が幾つかあって、辺りには書類が散乱している。

大地は後頭部を押さえながら書類を見た。そこにはWORDで打たれたと思《おぼ》しき研究データのようなものがあった。内容は野菜栽培に関するものだ。ビニールハウスで観察したデータが記されている。

――それにしても、さっきの奴は何者だったんだ？

今さらのようにその思いが湧き起こってきた。大地は携帯で水倉宅に連絡する。今ここであったことを話すと、みんなはすぐに向かうという返事だった。

一度大きく息を吐き出すと、大地はらせん階段を下りて倉庫の辺りまでよろよろと向かう。玉ねぎが大量に吊るされた倉庫前。農機具はあったが、さっき見た軽トラがなくなっていた。やはりあの軽トラはさっきの人物が乗ってきたもののようだ。

「軽トラ？　まさか！」

背中を寒気が走り抜けた。

陽翔が水倉の遺体を発見した際、走り去る軽トラを目撃している。大地自身も叫び声のした方に駆けながら、その軽トラを遠目に見ている。今の人物も軽トラに乗っていた。農家が多く、軽トラなど誰でも持っているだろうがそれでも気になる。水倉の死はただの事故ではない。殺意があったかどうかは不明だが、水倉は殺されたのだ。そして殺した人物はおそらく今ここにいた人物――そう考えるのが自然だろう。ただのコソ泥がこんなところに侵入するものか。だが何のために？

その時赤い軽自動車が到着し、前田や菊子、陽翔が降りてきた。

「ちょっと大地くん、大丈夫なの？」

第一声は菊子が発した。大地は殴られた後頭部を押さえてみる。少し痛みはあったが、大丈夫のようだ。今のところ他に痛いところはない。

「それで、どういうことなんだ。説明してくれんか」

すでにあらかた情報は伝えてあるが、軽トラのことだけはまだだった。大地は玉ねぎが吊るされた倉庫前を指さして説明する。それを聞くなり陽翔は大声で叫んだ。

「そいつだ。そいつが父さんを殺したんだ！」

大地もうなずく。少し前までは事故死だろうと思っていたが、今日で事件は百八十度方向を変えた。カメムシの一件もそうだが、この侵入者の件は決定的だ。

「おい大地、誰だったか見てねえのかよ」

陽翔の問いかけに、大地はゆっくりと首を横に振った。まったくわからなかった。情けないが軽トラの特徴も、ナンバーもまったく覚えていない。強烈なインパクトがあるとか、意識して見るとかしていないと人間の記憶など当てにならないようだ。

落ちていた玉ねぎを吊るすと、前田が口を開く。

「こうなると菊子、例のテープも意味持つな」

テープ？　大地はその言葉を繰り返す。

「そうなのよ、大地くんも嫌がらせがあったことは知っているでしょ？　脅迫電話を録音しておいたの。ウチの人を脅す、押し殺した男の声だったわ。大地くんが来る前のものね。こんな形で使いたくはなかったんだけど」

大地が受けた電話も同じようなものだった。

「まあ、そいつが誰かも重要だけどよ、なんでそいつ、こんなトコに侵入しやがったんだ？　ここは物置みたいなもんで何もねえだろ」

前田の言葉に、菊子は反応する。

「そうね、あの人は最近、主にビニールハウスで仕事していたから。あたし、あの人が死んでからハウスの中を整理したけどこれというものはなかったわ」

「まあいいや、その部屋へ行ってみるか」

四人は大地が寝泊まりしている事務所の建物の二階へ向かう。らせん階段を上って部屋に入ると散乱している書類を拾い集める。だが途中で大地は気づいた。

「あまり触らない方がいいんじゃないですか」

三人は不審げに大地を見る。

「カメムシの件では警察は動かないでしょう。でもこれはれっきとした強盗致傷事件です。きっと警察は動いてくれますよ。ですから……」

だがその途中で声は遮られた。陽翔が大声を上げたのだ。

「これ見て、ねえ」

陽翔は部屋にあるパソコンを立ち上げていた。ネット線はないが、そこにはWORDファイルがあって詳細なデータが収められている。苺に関するデータだ。土壌の様子からどれだけ水をやった、気温はどうだったということが事細かに記されている。日付は四年前。だがもっと昔からのデータもある。おそらくは小昼の完成までがここには残されている。

「新しい無農薬米のデータもあるよ」

陽翔は別のファイルを開く。

そこには土壌改良の様子が事細かに記されている。そしてデータはこの二つだけではなかった。幾つもの野菜に関するデータがこのパソコンには残っていた。重要なのは土のようで、その改良方法が書かれている。

そうか、今の襲撃犯は水倉が遺した農作物のデータを盗み出そうとしたんだ。それまでは俺がいたので侵入できなかった。だが書類データばかりに目が行って、USBに遺されたデータの方は見つけられずに退散した——こう考える以外にない。

「ちょっと何よこれ、オレンジ？　ブドウ？　こんなのまだウチでは作ってないけど……」

菊子がマウスを操作しながら口を開いた。

それは実験予定のファイルだった。水倉は小昼や無農薬米以外にも多くの農作物を育てようとしていた。国産バナナの研究という項目もある。ひまわり農場には無限の可能性があった。いや、まだその可能性は残っている。このデータさえあればあとは試行錯誤で何とかなるかもしれない。

陽翔は興奮しながらデータを次々と見ていく。前田も目を細めつつそれを見ている。

「陽太くんからの贈り物のようだな」

「あなた……」

菊子はそうつぶやきつつ、目頭を押さえている。

大地はよかったなと言いながら、陽翔の頭を撫でた。陽翔はやめろよと嫌がったが、その瞳は潤んでいる。

部屋を出た。祭りの音はまだかすかに聞こえてくる。アラレちゃん音頭は終わり、いつの間にかタケちゃんマン音頭に変わっていた。

第三章　魔法の水

1

大地が襲われた翌日、陽翔は机に向かっていた。

嫌なことは先に済ませる。それが陽翔の信条だ。大体の宿題はやっつけたが厄介なのが残っている。作文だ。JAが募集している農業作文を書かないといけない。五枚も書けるわけないだろう……陽翔は頭を抱えていた。

節電に協力しましょうと学校で言われているのでクーラーはつけない。ランニングシャツと窓からの風と風鈴の音色だけを頼りに頑張った。タイトルは『太陽のギフト』。太陽とは陽太、父さんのこと。父さんが生きていたころのことを思い出し、農作業を手伝ったことを書いた。

記憶をたどっているとつらくなるけど、今は前ほどではない。目標ができたからだ。父さんを殺した奴が必ずいる。そいつを捕まえる。犯人は父さんを殺し、データを盗んでいった。でも負けない。このまま農場がつぶれたら、そいつが喜ぶだけだ。赦さない。絶対にそいつを捕まえてやる。だから悲しみに負けるわけにはいかないんだ。

「うまく書けない。ダメだ」

二時間くらいで終わらせるつもりが、午前中まるまるかかっても作文はまだ完成できなかった。

午後からは部活だ。テーブルには炎天下で仕事をしてきた大地やお祖父ちゃんが座っている。あまりたくさん食べると動けなくなるので、昼ごはんは少なめにする。母さんが茹でたトウモロコシをぱくついた。

「ハルト、今日は晩ごはん、夏野菜のカレーだからね」

「うん、それにしてもさあ、犯人の手掛かりないんだよな」

「そうねえ、大地くんがちゃんと見てればよかったんだけど」

母さんは冗談っぽく大地を見た。

大地は苦笑しつつトウモロコシを食べている。昨日、ひまわり農場事務所に忍び込んだ人物はわかっていない。あの後、事件を警察に届けた。以前かかってきた脅迫電話についてもだ。強盗致傷事件なのでさすがに動いてくれたが、軽トラのナンバーもわからない以上、期待はできそうにない。ましてや父さんが死んだ事件との関《かか》わりでは追っていないようだ。

「とっさだったんで」

殴られた大地は念のために病院に行ったが何も異常がなかったという。軽トラを見たらしいが、この辺りは農業従事者が多いから軽トラなど誰でも持っている。これだけでは絞り込めないだろう。

「ったく、使えねえよな」

陽翔は立ち上がって部屋に戻った。着替えて自転車置き場に向かう。

自転車にまたがり、スタンドを撥ね上げてから思う。大地は最初はただのオタクにしか見えなかった。でも今は見違えるように真っ黒で二の腕が太くなった。それに心も変わった。本心から父さんのことを尊敬し、事件の真相を明らかにしたいと思っているようだ。陽翔はごめんと小さくつぶやいた。


「おい、ハルト何やってんだよ」

試合形式の練習中、陽翔はキャプテンからのパスを受け損なった。パスが悪いわけではなくボーンヘッドのような形で、完全に陽翔のミスだ。

「すみません、キャプテン」

陽翔は息を切らし、膝に手を当てながら謝った。

「期待してたんだがこれでは今度の予選大会、さすがにスタメン起用は無理だな」

顧問の教師はそう言った。

その日、部活は四時過ぎで終わった。

いつの間にか上級生に交じって試合に出ることが定着しつつある。あまり目立つとまたいじめの対象にもなるので、今日はあえてミスをした。元々楽しくてやっているわけではないのだし別にいい。頑張ったところで、スポーツ推薦で高校へ進めるくらいだ。全国レベルの選手になれるならともかく、所詮《しょせん》お山の大将にしかなれない――そんな計算もある。陽翔は思う。ひねくれてるな……大地のことをさんざ責めているけど、ずっと僕の方が嫌な奴だ。

体育館の鍵を職員室に返すと、誰もいなくなった自転車置き場に向かう。だが校門を出るとそこには小太りの少年が待っていた。森山楓だ。

「水倉くん、いいかい」

やはり用事か。陽翔は辺りを見渡す。

「何だよ」

「本当にこの前はありがとう。おかげで頑張れている」

陽翔はそっけなく、そうかと応じる。

「今日、僕の誕生日なんだ。よければ家に来ないかと思ってさ。ケーキとかあるし」

楓はニコニコしていた。陽翔は調子に乗るなと思った。もし一緒に遊んでいると知られたらどんな目にあわされるかわからない。こっちの立場も考えろ……。だが楓の申し出は善意だ。こんなことで怒るなんてとすぐに心が痛んだ。父さんがあんな目にあったのに、まだ自分の身の安全を守るために誰かを切り捨てようとしているのか……。

「じゃあ、行くよ」

了解すると、楓は満面の笑みを見せた。

二人はしばらく自転車をこいだ。楓の家は新興住宅地にあるらしい。神奈川から引っ越してきたそうだ。

「もうすぐだよ、水倉くん」

陽翔はふうんと応じつつ、何気なく角の家を見る。

少し変わった家だ。庭は天然の芝生で覆われ、湘南《しょうなん》ナンバーの軽トラックが停まっている。ビニールハウスが横にあって何かを栽培している様子だ。田舎だから田んぼの真ん中にぽつんと新しい家が建っていることもある。ひまわり農場もそうだ。ただ気になったのは表札だった。聞き覚えのある苗字《みょうじ》が刻まれている。

自転車を停めると、楓がどうしたんだいと訊ねてきた。

「いや、ここの家ってさ……」

言いかけて止まる。表札には「鶴巻」とあった。

「そこのおじさんは苺を作ってる人だよ」

やはりあの人か……。

「どんな人なんだ？」

「僕たちが通ってる中学の先輩で、勉強は学年トップレベルだったらしいよ。何でも慶応出て銀行マンやってたのに、実家のあるこっちに戻ってきたってお母さんが言ってた。優しい人で、よく苺のジャムをくれるんだ。でも正直、あんまりおいしくない」

言ってから楓はしまったと口を押さえた。

ちょうどその時、ビニールハウスの向こうから誰かがやって来たからだ。麦わら帽子に野暮ったい黒縁メガネ。無精ヒゲを生やした中年男性。身長は百七十くらい。ひまわり農場で何回か見たことがある。父さんに苺の作り方を習いに来ていたおじさんだ。

――ひょっとして、この人が犯人じゃないのか。

そういう思いが心の中で広がった。あり得なくはない。この人は父さんより十歳くらい年上だ。学歴もあるし、元エリート銀行員。そんな人が父さんに土下座しているのを見たことがある。必死で苺を作ろうとしているのにできない。そんな感じだった。

それだけならそこまで疑わしいわけじゃない。けど先日事務所に侵入した犯人の目的はどう考えても父さんの研究資料だろう。あれを奪いたい人間はいくらでもいるだろうけど、この人はかなり追い詰められている様子だった。専業農家で、苺作りにすべてをかけている様子だ。誰よりも動機が強い。

「楓くんかい。あれ、そっちの君は水倉さんトコのハルトくん？」

気づかれてしまった。楓はこんにちはと言ってお辞儀をする。陽翔も黙って頭を下げた。どうすればいいのだろう。事件のことを問いただせばいいのだろうか。いや、それより例の脅迫電話の声。あれを陽翔は何度も聞いて頭の中に叩き込んである。鶴巻の声と比較してどうなのか聞き比べたい。

鶴巻はさみしげな顔を作ると、こちらに近づいてきた。

「事故のこと聞いたよ。本当に何て言えばいいのか」

事故という言葉に違和感を覚える。陽翔はすぐに返事をした。

「いいんです。最初は混乱していたけどもう落ち着きましたから」

「そうかい……強い子だね。つらいだろうけど気を落とさないように」

「それより鶴巻さん、その後どうですか」

陽翔の問いに、鶴巻は目を瞬《しばたた》かせた。

「どうって……なんのことだい」

「もちろん苺作りですよ。父さんも心配していました」

鶴巻はしばらく口ごもった。少し遅れてからビニールハウスの方を指さした。

「少し見ていくかい？　ウチは低温暗黒処理はしていないんだが」

その言葉に陽翔は楓の方を向く。こちらの意図を感じ取ったようで、楓は黙ってうなずく。二人は鶴巻の後に続いてビニールハウスの中へと入った。

ビニールハウスの中には根付け床がすでに出来上がっていた。

土がこんもりと三十センチくらいの高さに盛り上がっていて、それが何本かハウスの端まで延びている。通常、苺は四月頭に開花、五月に収穫になる。自然に任せるならこの時期はランナーという葡萄茎《ぶどうけい》の発生時期だ。長さは三十センチ前後。親株から出たランナーが子株として根を下ろし、苺は増えていくことになる。だが需要が飛躍的に高まるクリスマスに合わせる必要がある。そのためにビニールハウス栽培では十月下旬くらいに開花、冬を夏と勘違いさせるのだ。それに合わせてこの時期には最後の肥料を与えることが多い。それ以降はやらない。これは苺には栄養が少なくなると花芽分化を起こす性質があるためだ。養分中の窒素を断つ前に肥料を与える時期。ただし小昼は常識を破って無肥料だ。

「失敗を繰り返してきたが、今年こそはうまくいく気がするんだよ」

鶴巻は希望に満ちた顔だった。今年こそとはどういう意味だろう。無肥料・無農薬の苺など本気で作ろうというのか。小昼は特別だ。

「水倉さんはすごい人だったよ。色々教えてもらった。何とかわたしがこの苺作りに成功して彼の遺志を継ぎたいもんだ」

陽翔は鶴巻を上目遣いに見た。まさか鶴巻はあの時、データの存在に気づいていたのではないか。何も盗まれていないと思ったけど、すでにコピーし終えた後だったとも考えられる。書類ならすぐにわかるが、デジタル化されていたら盗んでもわからない。

「苺作りは肥料が命――わたしはそう思っていたし、それが常識だろうよ。実際、有機肥料を多く使えば、甘くておいしい苺を作る自信はあるんだ。でもそれじゃあダメだ」

「そうなんですか」

「ああ。水倉さんには繰り返し教えてもらったんだ。すべては土なんだってね。土を極める――これは苺だけでなくすべての農作物に言えることなんだ。彼だって最初からうまくいったわけじゃない。わたしも苦労してきたけど諦めてはいないよ」

鶴巻はそう言いつつ、ポットでも育てている苺をいとおしそうに眺めた。あなたが父さんを殺したんですか――陽翔はその思いを封印しつつ、問いかけた。

「鶴巻さんはエリート銀行員だったんでしょう？」

鶴巻は振り向いたが黙っていた。

「どうしてこんなことを始めたんですか」

「都会の暮らしに、息が詰まりそうだったからだよ。お金はいっぱいあった。でもどういえばいいのかなあ、不意にすごく自分が無駄な時間を費やしているんじゃないかって思ったんだ。営業成績を伸ばすことだけに必死で、これじゃあいけない。こんなことは幸せとは何の関係もない。わたしは本当の幸せが欲しいって思ったんだよ」

「本当の幸せ……ですか」

「そうさ。価値観がガラリと変わった。まあ子供が小学校でいじめられていたっていうこともある。いや、それは言い訳だな。最後の引き金を引いたっていうだけだ。大事だったのは閉塞感の打破……ごめんよ、ちょっと難しい言い方だったかな。まあ物質的な豊かさなんてどうでもいい。精神的な豊かさこそ大切だって思ったからだね」

「そうですか」

陽翔は相槌《あいづち》を打つ。楓はうつむいている。

「でも現実はそうじゃない。田舎暮らしをすれば心が豊かになるかと思ったんだけど、違うようだね。金があるから心が豊かになるわけじゃない――これは正しいと今でも思っている。でも貧しいから心が豊かになるわけじゃないんだよ。心の豊かさに田舎とか都会とか関係ない……今になって気づいたんだ。いや、本当は気づいていないふりをしていたのかもしれない」

鶴巻の表情は、寂しげだった。

「たくさんあったはずの貯金はほとんどなくなってしまった。心の豊かささえあればって今も思っている……でもこの前、女房は子供を連れて出ていってしまったよ。いつまでおかしな夢を追っているのかって喧嘩したんだ。けれど今度こそ大丈夫。この苺作りに成功しさえすればすべて元通りになるはず。戻ってきてくれる……」

それから陽翔と楓はしばらく鶴巻と話をした。だが鶴巻はずっとこの調子で語り続けた。妙に楽天的だが、自分でも本当はこのままでは破綻《はたん》すると理解しているように思う。脅迫電話の声と鶴巻の声——似ているようにも思うが違うようにも思う。この人が犯人なのかどうか。陽翔には正直よくわからなかった。

楓の家で行われた誕生パーティーはつつましやかなものだった。

ケーキにノンアルコールのスパークリングワイン、フライドチキンやサラダなど簡単な料理が出た。楓の母親は保母さんをしている人で、陽翔に余計なことを聞くことなく優しく接してくれた。

「水倉くん、一年生なのにレギュラーとる勢いなんでしょ」

「いえ、まだまだです」

未来のキャプテン当確だと楓が説明したらしく、照れ臭かったがあまり悪い気はしなかった。息子が友人を連れてくるなど、ほとんどなかったのかもしれない。

「すごいわねえ、ハルトくん、本当に今日はありがとう。ゆっくりしていってね」

それから二人は、楓の部屋でしばらくゲームをした。楓の部屋にも陽翔の持っているのと同じラジコンヘリがあってその話をした。

「お年玉とかおこづかい貯めて、今度いいやつ買うんだよ」

楓は、嬉しそうにヘリの載っている雑誌を見せてくれた。楓は陽翔よりずっとラジコンヘリに詳しいが、こういう雑誌を読んでいたのか。読みふけっていると、古いCDコンポから音楽が流れてきた。一昔前の曲だ。

あっという間に時間は過ぎ、午後六時になった。夕日が差し込んでくる。まだ明るいが、母さんが心配するといけない。暇乞《いとまご》いをすると、楓は門の前まで送ってくれた。慌てているわけでもないのに、門の前で転んだ。

「何やってんだよ」

陽翔は自転車のスタンドを撥ね上げ、またがってから少し言いよどむ。今日はありがとう——その言葉が出てこない。

楓は立ち上がると、砂を払った。苦笑いを浮かべる。

「僕はデブだし、どんくさいからいじめられるんだ」

そうじゃないだろ……陽翔は心の中でつぶやく。コイツがいじめられているのは鈍いからじゃない。万引きを拒否したからだ。

「水倉くんみたいに強くなりたいよ」

試合に出てるからそう思うのか……言いかけたがやめた。父さんの死は未《いま》だに乗り越えられていない。だが、楓の続けた言葉は意外なものだった。

「水倉くんだっていじめられてるんでしょ」

「はあ?」

僕もいじめられている?　意味が分からない。

「何言ってるんだ。それにお前がいじめられているのは、鈍いからじゃないだろ?　上級生に万引きしろって命令されたのを拒否したからだろうが」

「え、僕そんなこと命令されてないよ」

楓は目をぱちくりさせていた。陽翔は言葉に詰まる。違うのか……こちらの驚きを見て楓の方が意外そうな顔をしている。やがて楓は思い出したように目をそらした。まるで言ってはいけないことを言ってしまったと後悔しているようだ。

「どういうことだ？　言えよ」

観念したように楓は口を開く。

「お父さんのことだよ。水倉くんのお父さんが勝手なことしてるから思い知らせてやる……上級生たちはそんなことを言ってた。てっきり水倉くんもいじめられていたから僕に同情してくれたのかと思っていたんだ。万引きの強制なんて、水倉くん以外、誰もやらされていない」

頭の中が白くなる思いだった。万引きの強制はみんなやらされていると思ったのに僕だけ……しかもその理由は父さん——そうだったのか。何も知らなかった。陽翔はハンドルをきつく握り締めたまま、しばらくじっとしていた。

「大丈夫？　水倉くん」

ようやく楓の声が耳に入った。

「ああ、ところでさっきかかっていた曲、何て言うんだ？」

「『マイフレンド』だよ。母さんが好きだったんだ。あのコンポもお下がりさ」

曲のタイトルなど聞くつもりはなかったが、そのタイトルはすっと心の中へ染み込んでくる。陽翔は事件後、学校のみんなには事件のことを話していない。友人はたくさんいるけど、話せないのだ。「A friend in need is a friend indeed」そんな文句が教室には貼られている。困ったときの友人が本当の友人だという意味らしい。そういう意味で僕には誰も友人はいないのかもしれない。あえて言えば七十前の元警察官くらいか。

――こいつだけは違うかもしれない。

楓の丸い顔を眺めつつ、陽翔はふと思った。

頭を掻くと、長い息を吐き出す。

「あのさ、楓……」

「え、なに」

どういうわけかそれから言葉はすっと出た。ひまわり農場関係者や警察関係者にしか話していないのに、事件について知り得たすべてのことが口からこぼれていた。

「だったら僕も犯人捜し手伝うよ」

「そうか、サンキュ」

小さく言って、鼻の頭を撫でた。こいつなら本当に、困ったときの友人になってくれるかもしれない。ただどこか後ろめたかった。

「それじゃあね」

手を振りながら楓は家の中へ入っていく。陽翔は少しだけ自転車をこぐと鶴巻の家の前で停まる。だが見つめたのは楓の家の方向だった。

「マイ・フレンド……か」

そんな言葉が夕日を見ながら、小さくこぼれた。

2

目の前の五百川という警察官は、早口でしゃべっている。

刑事なのかどうか知らないが、勝手に作文していく。何度かそこは違いますと訂正を求めると、五百川は迷惑そうだった。

「それではもう一度だけ確認です。殴られたのは後頭部。襲撃してきた人物の特徴はまるでわからなかったんですね」

「ええ、はい。燕の絵が描かれたお守りが運転席に吊るしてありました」

「わかりました。それではありがとうございます」

警察署での聴取は意外とあっさりしたものだった。強盗致傷事件といえば非常に重い罪のはずだが、あまり詳しく聴取をされたわけではない。確かに暴行の程度は軽い。窃盗事件にしても盗《と》られたものは皆無。荒らされただけだ。

殴られた後頭部には傷など一切なかった。ハッキリとした物証も手掛かりもなく、言ってしまえばこちらの申告だけ。警察といっても行政サービスだ。他の事件にも関わらないといけない以上、こちらの事件はおざなりにされてしまうのかもしれない。

大地は先の水倉が死んだ事件との関連性を必死で主張した。

だが暖簾に腕押し。五百川はあまり真剣に取り合ってくれない。仕方なく警察署を出てひまわり農場へと引き返す。

水倉が遺していったデータは、まだよくわかっていない。

専門用語が多く、難しいのだ。小昼の栽培について言及した部分なども難解だ。研究データが羅列してあってこれを見ることでどうしろってんだという感じだった。水倉もこのデータは自分がわかればいいと思って書いたのだろうし、説明書のようにはいかない。特に化学に関する記載が多く、その分野に入ると誰もどうしようもない。菊子も農大卒ではあるが、チンプンカンプンだとさじを投げていた。

ひまわり農場に戻ったときには夕方になっていた。

暑くなってからの収穫は疲れるので、朝のうちに終わらせてある。農薬散布で米作りは大きな山を越える。大地の記憶ではタバコ作りをしている農家は夏が乾燥させる時期になるので忙しいと思うが、それ以外は暇というイメージだ。

大地は軽トラを停めると、前田や菊子が待つビニールハウスに向かった。水倉を殺した犯人を見つけ出すことも重要だが、やはり農場をいかに続けていくのかをしっかり考えなければいけない。

ビニールハウス内では菊子が苺の苗が植えられているポットを見ている。前田は黒いマイカ線をチェックしているところだった。

「台風が来るらしいんでな」

「そうなんですか」

ビニールハウスと一口で済ませられるが、その維持・管理は大変だ。被覆資材は何を使うか。室温の調整や害虫が入らないようにすることも必要だし、風や雪の対策も必要になる。親父はよく谷換気とサイド換気がどうこうと言っていた。そしてどれだけ完璧《かんぺき》にやったつもりでも必ず予定通りの結果が得られるものではない。地震など想定外のこともある。

ひまわり農場には高さ三メートルほどの青い網が張られていた。

これは防風ネットと呼ばれるもので台風対策だ。作物やビニールハウスなどを防護する。水田は広大なのでネットを張るわけにはいかない。ただ湛水《たんすい》といっていつもより深く水がはられている。これは稲が風で倒れにくくするための措置だ。

「まあ、これで大丈夫だろうよ」

前田は汗をぬぐっている。

「ええ、そうですね」

大地は大体の作業を終えて一息つく。ただし問題は台風というより、ビニールハウスで何を作るかだ。小昼の生産が本当に可能なのか――これが今後のひまわり農場の命運を握っているといっても過言ではないだろう。いや、それだけではない。新しい無農薬米は本当にこのまま秋に稲穂を実らせてくれるのか。来年以降も継続してこの品質を維持できるのか。水倉の遺産を巡る不安要因は尽きない。

「どうなんですか、前田さん」

小昼はひまわり農場のブランド。だが本当に水倉抜きで作れるのか。大地の問いかけに、前田はふうと息を吐き出した。

「正直、きついわ」

ため息と一体化した声だった。

大地は言葉を続けられない。前田は水倉が存命の時には経理を担当していたが、大地よりもずっと農業に関する知識は上で経験も積んでいるはずだ。それでも無理ではどうすればいいのか。水倉が遺していったデータがあっても、それを読み取り、現実的に苺を栽培していけなければどうしようもない。水倉が遺したものはマニュアルなどではないのだ。

「この公式も意味不明ですよね」

「それは簡単だろうが。よくある最大暖房負荷の計算式だ。ビニールハウスの室温とか資材をどうするかが書いてある」

「簡単？　そうなんですか」

「問題はそんなことじゃなくこの化学式だ。こいつに意味があってこれを使えば小昼の栽培もわかりそうなんだが、チンプンカンプンだわ」

ビニールハウス内に持ち込んだパソコンには膨大なデータが詰まっているが、理解できない。大地もデータを見てから勉強をしてみた。ただ積み上げたものがない分、どうしようもない。

「小昼として売ることができる苺は、残念だけど無理ね」

菊子はうなだれている。

「そんな、諦めるんですか」

「無理なのよ……大地くん。あなたは前にあの人が遺していった土を使えばいいって楽観的だったけど、それだけじゃ無理だってわかってきた。このデータを見れば、あの人は細かい作業を繰り返して土をより強いものにしていっている。不断の努力で維持しているの」

「苺は強い果物ですし、何とか」

その大地の言葉を、菊子はふっと吹き飛ばすように笑った。

「あなたも当然知っているでしょうけど、苺は肥料こそ肝になるわ。無肥料・無農薬で作るのは奇跡の業……ダニやシラミ、ゾウムシといった害虫、炭疽病などの病気とも闘っていかないといけない。カメムシのように見た目だけの問題じゃなく、炭疽病なら壊滅してしまうことだってある。どうする気？」

大地は何も言えなかった。うなだれる。だが小昼はひまわり農場における広告塔。エースと呼んでいい存在だ。小昼なくしてやっていけるのだろうか。

「ごめんなさい。言いすぎたわ」

かぶりを振りつつ、菊子は謝った。どうしようもない……どれだけ水倉が偉大だったかが今さらながらにわかってきた。このデータが自分たちにはある。それを使いこなせていないが、水倉には何もなかったのだ。そんな状況から錬金術でも使うように小昼を生み出した。まさしく神の苺――もう二度と作ることはできないのかもしれない。

「多分あの米も今年だけだろう」

前田がつぶやく。そうかもしれない。水倉は永遠に作物を栽培し続けられる土を作り出したわけではないのだ。どういうわけか九割方の水田は無事だったが、それはきっと水倉が魔法をかけ終わった後だったからだ。水倉は農薬でない何かを水田に施していたに違いない。そうでなければあそこだけがカメムシにやられるはずがない。維持は難しい。創意工夫、あくなき探究心と不断の努力——それなくしてはいいものを作り上げても維持などできない。

しばらく沈黙が続き、ビニールハウスには夕日が差し込んできた。

大地はまぶしかったので手でひさしを作った。だがどうするのかともう一度問いかけようとしたとき声が止まる。ビニールハウスの前に一人の女性が立っていたからだ。水倉穂乃花がそこにいた。どういうわけかいつものスーツ姿ではない。Tシャツにジャージというラフな恰好だ。大地はビニールハウスを開けると、彼女を迎え入れた。

「営農の助《すけ》っ人《と》としてやって来ました」

妙に明るい声。大地は前田や菊子と顔を見合わせる。

「本当に来たのか」

確かに水倉の死後、穂乃花は手伝いたいと言っていた。JAの仕事とは別にここへやって来たらしい。彼女は知識を持っている。ひょっとすれば水倉が遺していったデータも解析してくれるかもしれない。それにこのままでは小昼を生産することは二度とできないだろう。三人は黙ってうなずいた。

大地は穂乃花にこれまであったこと、事件のすべてを話した。あぜ道にあいていた穴、走り去った軽トラ、事務所で襲われたこと……彼女は燕のお守りのことを聞くと、少し驚いた表情だった。

「だったらこれ、絶対、事件じゃないですか」

「俺もそう思うが、警察は相手にしてくれないんだよ。殺害方法もわからないし」

穂乃花は黙ってしばらく考えていた。その沈黙は長く、焦《じ》れたように前田が口を開いた。

「いいかい、穂乃花ちゃんよ」

「あ、はい」

「こいつを見てもらおうか」

前田は穂乃花に小昼のデータを提示した。彼女は瞬《まばた》きすらすることなく、じっとそのデータを見ていく。大地は後ろから彼女の様子をうかがう。視線をTシャツに浮いた下着の線から文書に向ける。穂乃花も前田と同じ化学式に注目しているようだった。

五分ほどが経っただろうか。ようやく穂乃花は口を開いた。

「すごい……自分の兄だけどその言葉以外にないですね」

穂乃花はざっと資料に目を通した。

「この化学式は肥料のような感じですね」

「えっ、そんなことはないわ。あの人は自然栽培をやってきたはずよ」

菊子の反応に穂乃花は、すみません、と言って続けた。

「そういう意味じゃないんです。よくある化学肥料じゃありません。もっと自然に近いもの。兄はおそらく肥料は使っていません。農薬もそうです。徹底した自然栽培——その言葉に嘘はないかと。ただ兄が研究していたのは肥料のように思えます。でも何かが違う」

「何かって……」

前田が声を発した。その問いに少し遅れて穂乃花は答えた。

「もう少し詳しく見てみないと。それにこの研究以外にも兄は十年以上かけて徹底した土壌改良をしてきていますね。その成分の表がここにありますが、すごいです。このデータが正しければ、これは魔法の水――兄はすでにそれを完成させています。欠損データもありますが、わたしに手伝わせていただければ小昼を作ることができます」

「本当なの！」

三人の声はほとんど重なり、一番大きい菊子のものがビニールハウスに響いた。

「ええ……おそらく。少しだけ時間をください」

穂乃花は微笑んでいる。

「よろしいでしょうか、このデータをお借りしても」

三人を代表するように前田は大地や菊子を一度見た。菊子は少しためらっている。大地は前田に任せた。穂乃花は前田が結論を出す前に口を開く。

「JAをもっと信頼してください。困ったときこそ頼ってほしいんです。それにわたしが信用できないならこうしたらどうですか？　わたしはJAを辞めます。ここの社員として雇っていただきたい。兄の遺志は絶対に引き継いでいかないといけないんです」

「本気かアンタ」

前田は驚いている。

「ええ、兄の遺志はわたしが受け継ぎます。JAを辞めてでもここを守《も》り立てていくつもりです。

そして必ず完全無農薬米を完成させ、この新潟平野を世界一の水田地帯に変えていきますから」

毅然《きぜん》とした穂乃花に誰も文句はない。この不況下で安定しているJA勤めだというのに、それを捨ててでもひまわり農場に身を委《ゆだ》ねるというのは無謀なことだ。それでも穂乃花は兄の遺志を継ぎたいらしい。

やがて前田は断を下す。データの入ったUSBを彼女に手渡し、言った。

「なら頼んだ。穂乃花ちゃん」

「期待に応えます。わたしは水倉陽太の妹ですから」

親指を突き出すと、穂乃花は少しだけ笑った。

大地はビニールハウスを出た穂乃花を追った。自分でもよくわからないが、なぜか追いかけていた。原付にまたがった穂乃花はヘルメットをかぶろうとしていたが、こちらに気づく。何か用事でも――そんな表情に見えた。だが大地は言葉が出てこなかった。

「そうだ、小山さん」

先に口を開いたのは穂乃花の方だった。

「もう一つの約束、まだでしたよね」

「え……」

「この辺りを案内するって言ったじゃないですか。兄の死で流れていましたけど、今度の夏祭り、一緒に行きませんか」

大地は一気に顔が赤くなった。まだ覚えてくれていたのか。

無駄に力の入った返事に、穂乃花は微笑んでバイクをスタートさせた。

「行くよ、もちろん」

3

時刻は午後三時前。暑い盛りだった。

小学校のプールに向かって子供たちが走っていくのが見える。夏休みも中盤、高校野球が始まったと隣家から漏れ聞こえるテレビニュースが告げている。

陽翔は大地を手伝い、雑草を刈り取る作業をやっていた。ひまわり農場の水田にやって来た陽翔はカマを手に雑草を刈り取っていく。たちまち汗が噴き出す。

犯人を捕まえるため、陽翔は精一杯動いていた。

新しいラジコンヘリを買うために貯めていたお金でICレコーダーを買った。これを忍ばせて怪しいと思う人の声を録音する。脅迫電話のテープと比較するためだ。この前は鶴巻雅文《まさふみ》の家にもう一度行って声を録音した。彼以外にも何人か当たった。誰も十二歳の少年がそんなことをしているなどとは思わず、あっさり録音は成功した。

自転車が近づいてきた。チリンチリンとベルを鳴らしている。海苔をはりつけたような眉毛をした老人、元警察官の宗村日出男だ。

「ハルトくんや、まず間違いないぞ」

宗村は興奮気味に言った。

「今日何べんも繰り返して聞いたからなあ、警察関係者にも話したし」

宗村はそう言いつつブレーキをかける。ギギイという錆びたような音でなかなか停まらず少し行き過ぎた。後ろ向きに戻ってくると苦笑いをしている。

「それで宗村さん、犯人は誰だったんですか」

「山本だ。山本晴久、あいつの声に間違いないわ」

やはりあいつか……。山本の広い額が浮かぶ。忘れない。通夜の時に「二分だし」と笑っていた。ハッキリ言って鶴巻以外では一番怪しいと思っていた人物だ。

陽翔は作業を中断し、自転車にまたがった。

「おおい、ハルトくん」

後ろから宗村が呼んでいる。だが陽翔は構わずに自転車をこいだ。

キキー！　JA近くにあるその一軒家で自転車を停める。立派な門構えで、四方を白い壁が取り囲んでいる。木造二階建てのしっかりした家屋。さらにもう一軒、二階建ての家屋があって渡り廊下でつながっている。納屋もあってコンバインが見えた。車は軽トラを含めて四台。敷地は水倉家の三倍くらいある。表札には「YAMAMOTO」とローマ字が彫られていた。ここは山本晴久の自宅。彼は市役所で働きつつ、農業もしているらしい。

「ハルトくん速いなあ、待ってくれ」

息を切らせながら宗村が追いついてきた。

「山本は兼業だ。零細農家ってやつだ」

「これが……零細農家」

言葉からするといかにも弱者という感じだ。だが実際には豪邸ともいうべき屋敷を構えてなに不自由なく暮らしているように見える。小さくとも父が社長だったウチよりずっと豊かな暮らしだ。

「それはいいが、声が一致したんだ。もうこいつが犯人だろう。

「ただしこれだけでは山本が犯人いう証拠にはならん」

宗村の言葉に、陽翔は意外そうな顔を向けた。

「何故なんですか」

「いいかハルトくんよ、こんなことする山本は悪い奴だな。それは間違いない。だがな、犯人を捕まえるためには証拠がいるんだわ。証拠いうのは事件と関係のあるものでないといけない。悪人だというだけではいかんわけだ。脅迫電話をかけたってことは、確かに親父さんに悪意を持っていたということだろう。警察に事情を聞かれても当然かもしれん。けどな、問題はお父さんを殺したかどうかであって、電話したかどうかではない。わかるか」

少し間を置いてから、陽翔は不満げにうなずく。

「一番邪魔くさいのは、これが事故とされてしまっていることなんだわ。わしの後輩、五百川なんぞもハッキリ言うてまったく相手にしとらん。わしも毒づいたんだが、ダメだわ。殺人事件として見とるんなら絶対食いつくはずなんだが」

「じゃあ、どうすればいいんですか」

陽翔の問いかけに宗村はしばらく黙った。

「証拠を見つけるしかない。ただこの事件、事件だとしてもどうやって殺したのか？　この問いにまったく答えが見つからん。脅迫電話に嫌がらせのチェーン、穴が掘られていて軽トラが逃亡しただけでは事件とはみなされんだろう」

「それだけじゃないよ」

言いかけた陽翔を宗村は途中で遮った。

「わかっとる。例の強盗事件だな。けどあれも無関係ってことだってある」

「そんなことない。絶対関係してるよ。本気で宗村さんそう思ってるの？」

陽翔の大声に宗村は黙った。長い息を吐き出すと、鳴きだしたセミの声に耳を傾けつつ、白転車のスタンドを撥ね上げる。

「草刈りも終わったようだし、ちょっと歩かんか」

はぐらかされた思いがしたが、陽翔は宗村に続いてゆっくりと歩く。新潟平野の水田はどこも青々と茂っている。だがしばらく行くとまったく稲が植えられていない田んぼもあった。もったいないなと思った。

「何とかしたいなあ、でもさっき言うたとおりで現状ではまだどうにもならん。それだけはわかっておいてほしい。どうやって殺したのかさえわからんではどうしようもない。ハルトくんや、これが殺人だと主張するんなら誰が殺したかより先に、どうやって殺したかっていう問いが来る。それすら解明できんではな」

陽翔は黙り込んだ。そうなのかもしれない。僕たちはおかしいおかしいと騒ぐだけでまったく何一つ解明できていない。どうやって父さんは殺されたのだろう。あそこで何があったというのか。糸口は軽トラと掘られた穴……そこから何も前に進んでいない。

「まあ逆に言えば殺害方法がわかれば、犯人に一気に近づけるかもしれん」

慰めるような宗村に、陽翔は黙ったまま水田を見続ける。一つだけではなく、いくつも稲が植えられていない田んぼがあった。

「ねえ宗村さん、この田んぼは何故稲が植えられていないの？」

事件のことから外れた問いに、ゆっくりと自転車を押す宗村は意外そうな顔を向けた。どうしてそんなことを問うのかと言いたげだ。

「作りたくないの？　父さんはもっと作りたいって言ってたけど」

宗村は口元に笑みを浮かべる。

「作っちゃいけないからだわ」

よくわからない答えだった。陽翔は不審げな顔を向ける。

「そういう決まりなんだ。減反政策っていう。お米を作りすぎると、値段が下がって農家はやっていけなくなるからねえ。まあここいらはましな方だな。北の方へ行くともっと減反で作っていないだろう。守らないで勝手なことやってる連中もいるがな」

「でももったいないよ。作らないんだったら作りたい人にあげればいいだけじゃない」

「まあそういうことだ。けどそうもいかないんだわ」

大人の事情だと言いたげな宗村に、陽翔はどうしてと執拗《しつよう》に食い下がった。宗村は陽翔が事件のこと以外に関心を向けるとは思わなかったのかもしれない。もちろんまったく無関係ならどうでもいい。だが陽翔には何故かこのことが気になっていた。

宗村は観念したように、広大な田んぼを前に一度立ち止まる。

「この田んぼは楠木武雄《たけお》さんという県会議員、この辺りで一番の農家のものなんだわ。けど減反政策で作っていない。もったいない話だわな……若くてやる気のある人が世話をした方がいいに決まっている。小山くんだったっけ？　君の家にいる青年みたいにやる気のある若者はいるんだ。けど農地を持たないから農業に参入できない……おかしな話だわな。君の言うとおりこの田んぼを彼らに与えればいい。でも楠木さんは渡さない。いや、彼だけでなくほとんどの兼業農家は土地を手放したりしないだろうよ」

「何故なんですか」

宗村は鼻から息を吐き出した。

「お金をもらえるからだな、そりゃあ」

意外な答えだった。お金をもらえる？　呆気《あっけ》にとられていると宗村は優しげな顔に戻った。

「ハルトくんの家は関係ないから知らなかったのかもしれないな。けどこんなことはみんな知っていることなんだわ。みんながたくさん米を作れば値段が下がる――これを食い止めないとみんなが困る。だから米を作るなということになるわけだ。けど米を作らない以上、収入は減る。どうするか？　減反はやめられない。だったら農家の減収を解決すればいいということで補助金が農家には出ているってカラクリだわ」

　おかしな話に思えた。原発事故とかの影響で困った農家に補助金が出るのはわかる。だが、米を作らなければ補助金が出るというのは何となくおかしい。特におかしいのはみんなのためという部分だ。みんなと言いながら、それは一部の人間だけであって、そこに含まれない人間には泣いてもらいましょうと言っている気がする。

「選挙の問題とも大いに絡むんだなあ。戸別所得補償制度ってのが少し前から始まったんだけど、赤字が出た場合に補塡《ほてん》してやろうってことなんだわ。赤字を出せば出すほど守ってやる――これでやる気が出ると思うかい？　創意工夫が生まれると思うかい？　まあ外国でもやってるらしいし、ある程度は必要なのかねえ」

　陽翔には難しくて、よくわからない話だった。

「でもな、わしは思うんだわ。きっと政治家を責めているようじゃ本質は見えないんだろうってな。政治家を選ぶのは国民だし、所詮、政治ってのは誰に泣いてもらうか決めるってことだからなあ。わしは兼業農家だったが、わしらなんぞつぶれていった方が日本のためにはええんだろうよ。それで君のお父さんのようにプランを持った有能な専業農家だけが生き残る方がいいって思うとる。そうすりゃ無駄な補償も放置された水田もなくなって日本の農業は強くなる。確かな理《ことわり》だ。でもわかるだろうハルトくん、つぶされたくない――まずほとんどの兼業農家はこう思うわな。TPPで何故自分たちを苦しめるのかって思う。これは当然だ」

「…………」

「言えることは金を使うならもっと有効に使うべきだということだわ。新潟の米が『鳥またぎ米』っていわれていた状態から日本一になったように、頑張った人間が報われ、馬鹿を見ないようにな。何か掛け声だけでうさんくさいセリフだが」

宗村の話は農家にとっては常識なのかもしれないが、陽翔には初めて聞く話だった。ただ何となく父さんが恨まれている理由がわかり始めてきた。兼業農家はお金をもらえるから土地の無駄使いをやめない。悪いのは兼業農家だ。みんなのちょっとした気持ちだ。才能もなく努力もしないくせに楽したい、儲けたい、成功者の足を引っ張ってやりたいって思いで、父さんに恨みを向けていたんだ。だから村八分にされた。僕みたいな鈍感な人間は気づかないようにそっと仲間外れにした。

「みんなが悪いと思ったか、ハルトくん」

宗村は新潟平野を眺めていた。

「そうかもしれん。けど問題の本質はもっと深いようにわしは思うんだわ。誰かを悪者にするんではなく、人間の心の複雑さまで踏み込んでいくべきだってな」

よくわからなかった。悪い奴は罰せられるべきだ。ただ年の功というのか、宗村の言うことにはいつもなるほどと思う部分がある。

「ただ事件は別だな。犯人を追い詰めるのは普通の方法じゃあ無理かもしれない。けどハルトくん、わしも何とか考えておくわ」

宗村はニッコリと微笑んだ。

「農場の方は大丈夫か？　米はちゃんと収穫できそうか」

「はい。何とか……ただ名前は決まらないんですが」

「それも考えておくか」

海苔をはりつけたような眉毛には、よく見ると白髪が交じっている。宗村は決して頭がいいようには見えず、刑事でさえない。だが、こちらを向きつつ微笑む宗村の顔は陽翔には誰よりも頼もしく見えた。


宗村と別れてから、陽翔は彼に聞いた話を思い返した。

自分はもう大人だと思っていたけど、大人の世界というのはこういうものなのだという気がした。要するに善と悪をスパッと分けないということだ。誰かを悪者にするんではなく、人間の心の複雑さまで踏み込んでほしい……宗村の言葉が印象に残っている。

だが同時に宗村は言っていた。犯人は一人だと。動機はともかく、父さんを殺した奴、事務所に侵入した奴は複数じゃない。きっと一人……こいつの正体さえつかめばいいんだ。山本晴久が犯人ならどうやってあいつを追い詰めればいい？

家に戻った陽翔は、母さんが作ったコメスティックというパンを食べる。楓の頬っぺたのようにもっちりしていた。食べ終えると二階に上がる。残りの宿題をするのだ。あらかたやっつけたがJAの農業作文は提出期限が早い。次の登校日までに仕上げなくてはいけないのにうまく書けないでいる。

その時携帯が鳴った。表示は知らない番号だ。

「はい……」

「水倉くん？　森山だけど」

かけてきたのは楓だった。彼の誕生日に携帯の番号を交換した。どうしたんだと問いかけると、少し興奮気味に楓は答えた。

「見つけたんだよ、証人を」

陽翔は証人という言葉を繰り返した。

「山本を見たってお婆さんがいたんだ」

詳しい事情はよく聞かなかったが、楓は水田近くにいた人に色々と聞きまわっていたらしい。事件のことを話してから本当に聞きまわってくれていたとは……。証人を見つけてくれたことよりその方が嬉しい。

「すぐに行く」

期限間近の作文を放り出すと、陽翔は自転車に飛び乗った。八月の夕日を背に受けながら向かった先は隣町の集落だった。近くで牛か豚を買っている家があるらしく、田舎の香水の臭いが鼻を突く。陽翔は口で息をしながら楓が待つ一軒家へと向かった。

目的地は集落の一番端に位置する茅葺《かやぶき》の古い家で、庭には軍鶏《シャモ》が何羽か飼われている。家の縁側には楓がいた。横に扇風機からの風を受けつつ、手ぬぐいをかぶった八十近いお婆さんが座っていた。楓の話では、この人の田んぼはひまわり農場の水田から近いらしい。自分の水田の草刈りをしていた際に父さんを何度か見たという。

彼女はうつらうつらと舟をこいでいる。楓が声をかけた。

「水倉くんが来たよ。さっきのこと、話してあげてよ」

「なんじゃったかのう」

「代かきのころに怪しい人物が朝方、何かをしていたんでしょ」

言われて手ぬぐいのお婆さんは陽翔を見上げた。眠そうな目をこする。

「ああ、見たわ……チェーンさ投げ込んどった」

「それは山本晴久に、間違いないんですか」

陽翔の問いに、お婆さんは何度もうなずく。やはり嫌がらせをしていたのは青年団のリーダー、山本らしい。陽翔は腹が立ったが、心を落ち着けて問う。

「父さんが死んだ日の朝、父さんを見ませんでしたか」

その問いに彼女はよくわからないという顔だった。

「向こうの方で農薬散布していた日の朝、金髪でタンクトップ……いえ白いランニングシャツみたいなのにジーンズの男性を見なかった？」

「ああ、あの日か。見たよ、膝の破れたジーパンの若いのだな」

「そうです。車とか人が近づいていくとかは見てないんですか」

その問いにお婆さんはしばらく考えていた。どうやって父さんが殺されたのか――方法がわかれば一気に犯人に近づけるかもしれないと宗村は言っていた。撲殺にしろ、車で撥ねたにしろ、近づかなければ殺せない。だがやがてお婆さんは首を横に振る。

「ずっと見とったわけでねえし、わしが見とる間は誰もおらんかった思うがのう。まんだ朝早くだったろう。うす暗かったしのう」

「見たのは何時くらいでしたか」

「四時半過ぎ……くらいでねえか」

「農薬散布の日、山本は見なかったの？」

「その日は知らんのう……」

陽翔は少し落胆する。確かにこれでほぼ間違いなく山本が父さんに害意を持っていたことは証明できるだろう。だがそれだけだ。さっき宗村に言われたとおり、重要なのは殺人について証明していくこと。そのための証拠――だがこれでは証拠にはならない。

「じゃあ軽トラは見なかった？　あのあぜ道に軽トラが停まってなかった？」

「ん？　ああ、停まっとったよ。そういや穴を掘っとる奴がおったなあ。どういうわけか掘った土、袋に詰めておったわ」

自分以外にも目撃していた人がいた。やはり穴は当日に掘られたのだ。ただしその土を袋に入れる――よくわからない行為だ。

「そいつはどんな奴だった？」

「ううん、帽子かぶっとったんは覚えとるが……遠目だったしのう」

陽翔は問いを重ねていく。

だがこのお婆さんからそれ以上のことは聞き出せずじまいだった。

「ありがとう。それじゃあ……」

お辞儀をしてお婆さんと別れる。陽翔と楓は自転車に乗った。

どうだったのだろう。山本が嫌がらせをしていたのは分かったし、軽トラの人物はやはり存在していた。だがこれはすでにわかっていたことだ。それを確認したにすぎない。

「どうだった？　役に立ったかなあ」

楓が声をかけてきた。

「ああ、前進したよ……絶対に証拠を見つけてやる」

落胆させないように元気よく返事したが、内心は違っていた。あまり前へ進んだという気がしない。逆にこれで情報は打ち止めという気が強くしている。だがそんなことはおくびにも出さず、楓と別れた。

4

夕食後、大地は自転車でJAに向かった。

夏祭りの日。中学校近くの空き地には多くの人出があった。台風が近づいているが夏祭りは無事行われているようでアラレちゃん音頭が鳴り響いている。大地はイオンで奮発して一番いい服を買った。祭り会場を通り過ぎ、JA駐車場にあるコイン精米機の前でしばらく待った。

やがてJA前に軽トラが停まった。かなり古い。運転席のドアが開き、手を振りながら一人の女性が小走りにやって来た。

「小山さん、待った？」

穂乃花だった。約束より四分遅れ。軽トラという無粋な乗り物で、途中で靴から下駄《げた》に履きかえているが、気にはならない。

「そんな車に乗っているんだ」

大地が軽トラを指さすと、穂乃花は微笑んだ。

「父の形見なんです」

穂乃花は桜が描かれた白い浴衣に身を包んでいた。

——やられた。やっぱ最強は浴衣だわ。

二カ月ほど王座を防衛してきたリクルートスーツは、あっさりと浴衣にその座を明け渡した。以前は浴衣が王座だったのだが、茶髪やネイルアートの女性が浴衣を着ているのを見る機会が多かったせいで、浴衣にマイナスイメージがついてしまったようだ。あるいは浴衣萌《も》えなど平凡すぎてマニア心をくすぐらなかったのかもしれない。

「い、行こうか」

美の王者を前に、声がくぐもった。しまった……。穂乃花はふふっと笑っている。

中学校横の祭り会場は賑《にぎ》やかだった。

ヨーヨーすくいや射的、わた菓子、リンゴ飴《あめ》といったよくある店が軒を連ね、多くの浴衣姿の人々が歩いている。そんな中を大地は穂乃花と並んで歩いた。それだけで、少しうきうきした気分になってくる。いや少しじゃない。すでに血圧は急上昇しているはずだ。

二人はリンゴ飴を買った。

中央で太鼓を叩いている禿《は》げ上がった人は山本という青年団のリーダーだ。陽翔は彼が犯人だと断定している。だが殺し方がわからないらしい。今日もひまわり農場近くに水田を持っている女性に、目撃した話を聞きに行ったという。

「あの人が犯人だって思ってます？」

不意に穂乃花が訊ねてきた。やぐらの上の山本を指さしている。大地は少し面食らったが誤魔化すように飴を舐めた。

「ハルトくんが言っていたんです」

大地はふうんと返事をする。警察が当てにならない以上、十二歳の少年だけではどうしようもないだろう。陽翔は穂乃花にまで相談していたのか。今は農場の経営で四苦八苦しているが、確かにそちらも何とかしなければいけない。

「どうもあの人が嫌がらせしていたのは本当らしいな」

「そうなんだ……普段は悪い人じゃないんだけど」

確かにそうだ。実際、山本に会って話をした感触ではそれほど悪い人間という気はしない。もし罪を犯したにせよ、どういえばいいのか、小さな犯罪……それこそ嫌がらせ程度のことをやったにすぎないという気がする。もちろんこんな感覚は当てになどならないが。

「殺人までする可能性があるのは、あっちの人」

穂乃花は一人の男性を指さした。

そこにいたのは五十くらいの男性だった。彫りが深くノーネクタイのスーツ姿。何人かに囲まれながらヨーヨーすくいに興じていた。失敗して笑っているが、周りが必死で盛り上げているのが手に取るようにわかる。楠木武雄というこの辺りの有力者だ。

「農政族の国会議員と太いパイプを持っているらしいですよ。昔から裏では酷《ひど》いことといっぱいやっているって評判なんです。わたしもあまり近づきたくないんだけど、仕方なく」

「ふうん、そうなのか」

そっけなく答えたが内心は違っていた。陽翔は色々動き回っているようだがらちは明かないだろう。証拠など出てこない。ひょっとしてあっさり水倉の遺体が焼かれたのもこの楠木が手を回したのではないのか。そんな思いが湧いてきた。


祭り囃子《ばやし》が少し遠くに聞こえていた。

夏祭り会場を出た大地と穂乃花は、水田の辺りをしばらく見て回る。穂乃花が言い出したことだ。大地は稲をチェックした。カメムシはいない。あれからかなり経っているので大丈夫かと思ったが少しホッとする。もう寄り付かないだろう。

「台風が来るらしいな」

大地の言葉に穂乃花はうんとうなずく。

「台風の後は虫に注意ですね、やって来るから」

「そうなのか、稲が倒れないかと、そればかり心配してたよ。水を少し多めにはって……」

話しているのは結局農業のことばかりだ。ある程度はしゃべれるようになってきた。無粋なようだが、共通の話題があればそれでいいではないかという気がする。

「なあ水倉さん、あんたって新潟市内に住んでるんだろ」

「ええ、父は小さいころに死んで、母の実家に兄とともに預けられていたんです」

「ふうん、それまではどこに？」

「燕市の方にある小さな村です。父は東京でサラリーマンをやっていたんですけど、脱サラして農業を始めました。でもうまくいかなかった……」

まるで鶴巻という苺作りをしている男性の経歴と同じだった。

「農業に興味を持ったのはそのためなのかい？」

「ええ、兄もそうだと思います。父ができなかったことを実現させる……でもJAに入ったわたしと、JAを嫌っていた兄、方法は違っちゃいましたけどね」

月の光を浴びて、穂乃花の黒い瞳は輝いていた。素朴だがとても可愛らしい。大地は穂乃花の私生活のことなど、少し突っ込んだことを聞こうと思った。彼氏はいるのだろうか。いや、いたら俺なんかとこうして歩いたりしないだろう。うなじを見ているとおかしな思いが起こってきた。この娘が自分の奥さんにでもなってくれたら俺はそれだけで勝ち組だ……いや、期待などするな。どうせ俺なんか無理に決まっている。

「それよりデータ、詳しく見たけど何とかなりそうですよ」

「データ？」

問い返してすぐに気づいた。先日の侵入者のことだ。穂乃花を前にして事件のことなど、どうでもよくなっていた。

「ええ、やっぱり兄は長い年月をかけて土壌の改良に成功していたみたい。ただ水田の土壌改良はまだ不十分らしくてこれからの課題だろうって書いてあったんです。だからカメムシが発生したんだと思う」

「そうか……」

気落ちした声で応じる。ただ穂乃花に暗い様子はない。鞄から何かの用紙を取り出す。

「これを見てくれればわかるんですけど、苺には養分を与えなければいけないわけ。兄のデータにはフェノール系代謝産物について詳しく書かれていました。多分、兄が研究していたのは腐植前駆物質です」

耳慣れない言葉に、大地は少し抵抗を覚える。不審げに穂乃花を見た。

「難しい言葉ですけど、腐植前駆物質というのがあるんです。この溶液は土に撒くことで土壌の微生物の働きを活性化させて、強くておいしい農作物を育てるためのもの。研究が重ねられて、ある程度実用化もされています。でもまだ浸透していない」

「土に撒く？　じゃあ有機肥料じゃないのか」

穂乃花は口をアヒルのようにした。

「微妙なんですよねえ。確かなことはよくある肥料じゃないってことです。ところで聞いたことありませんか？　魚沼や村松など新潟の米がおいしい理由について」

以前、前田が言っていたことだ。ポイントは水だと聞いた。平野部はダメだが、山間部ではミネラルを豊富に含んだ雪解け水が川に流れ込んでいるからおいしいという。そしてそれは新潟の人々の努力による治水や干拓のたまものだと。鳥またぎ米という言葉が印象に残っている。そういうことを大地は語った。まったく受け売りだったが、穂乃花は感心したように目を輝かせている。

「そういうことです。ミネラルやアンモニア含有量の多さ、アミロース含有量の少なさなど新潟の水は米作りに適しています。でも大切なのは人の努力、そして自然の力を最大限生かすこと……。この溶液は化学肥料なんかじゃなく、極めて自然に近いものです」

「じゃあそれ、何なんだ？」

「あえていうなら……肥溜《こえだ》めの上澄みです」

意外な言葉に大地は口をあんぐりと開けた。

「わたしたちの同年代の人間は、名前だけで実物はまず見たことがないでしょうね。汚いものというイメージだけが先行し、その効果を知らないと思います。でも実際は一番有効な肥料は肥溜めの上澄みなんです」

「そうなのか……確かに俺の家にもあったが、俺も汚いものとしか思っていない」

「普通はそうでしょうね。何ていうか肥溜めって本当に汚いイメージがあるじゃないですか。でも綺麗、汚いって表裏一体なんですよ。要は使い方であって、極端に潔癖だとかえって不衛生になっちゃいますし」

それは農業をやっていると頭に浮かぶことだ。糞尿《ふんにょう》というのはできる限り自分から遠ざけたい汚れの象徴かもしれない。だが綺麗とは何だろう。汚いとは何だろう。田舎の香水にまみれるのは都会の人間には耐え難いが、彼らが好んで食べる牛肉豚肉、乳製品はこういう臭いなくして生み出せない。濃厚な牛乳だって搾りたては臭い。その過程の汚さをできる限り見たくないのだ。農業をやっているとその綺麗、汚いという枠が外れ、すべてが自然のサイクルの中で一つに溶けていくような感覚に襲われる。

「でも肥溜めの上澄みが最強の肥料だっていうなら、何でなくなったんだよ」

大地の問いかけに、穂乃花は苦笑いを浮かべた。

「それはJAの人間としてはつらいところですね。農協の推す肥料を使わせる必要があったのは事実だと思います。それにイメージも重要。もし何かの製品に肥溜めの上澄みが肥料として使われてることがわかったらどう思います？」

「絶対買わないいんじゃないか。すげえ騒ぎになるだろう」

「そういうことです。イメージが重要視される。動物のものだとまだ許容できるのに、人間のものだと許容できない。でも人間だって動物なんですよね……」

しばらく大地は口を閉ざした。そうなのかもしれない。人間も自然の一部だ。自然栽培というが、自然の中にあるものを利用することにタブーはあるのだろうか。確かに遺伝子組み換え製品などはどうかと思うし、そういうものが体内に入りやすい人間は汚れているかもしれない。だがそれなら牛や豚、鶏の糞だって同じことになる。きっと人間には特別意識が強すぎるのだ。それが極端なまでの肥溜めへの嫌悪につながっていく。

　穂乃花は月を見上げた。

「兄が別に肥溜めの上澄みを使っていたってわけじゃありません。でもその研究はしていた。肥溜めの上澄みが有効だというのなら、どうしてなのかっていう研究をしていたんです。そしてそれは飽食の時代を迎えた現在でも通用するのかってことも。兄がやっていたのは自然栽培の一形態だと思います。確かに自然栽培では肥料は使わない。でもそれにとらわれすぎるのもどうかってわたしは思います。ある意味、潔癖症。自然って何なんだろう……きっと兄も同じ結論に達していたと思うんです」

　そういえば前田が面接で、機械さえ使わない自然農法のことを話していた。だがそれもある意味潔癖症なのかもしれない。自然に帰るのはいいが、その程度はどこまでなのか。人間も自然ではないのか。

　ただ穂乃花を見ていると、そんなことなどどうでもよくなってくる。田んぼの水稲に伸びる白くて細い手を月がぼんやりと照らしている。綺麗だ。心臓の鼓動が聞こえる。俺は彼女を一生愛していけるだろう。それに穂乃花もこんな恰好で俺を誘った以上、ある程度期待しているのではないか。美少女ゲームでシミュレーションしてきたから大丈夫。大地はつばを飲み込むと、その手を握ろうとした。

　だが手を伸ばしたとき、彼女の手はそこになかった。

　穂乃花は口元に手を当てていた。驚いた表情で水田を指さしている。

「どうしたんだ?」

問いかけに穂乃花はすぐに答えない。大地は彼女が指さす先を見つめた。

「これは……」

そこには稲と戯れるように小さな黄金色の光があった。ホタルが飛んでいる。

「最近はあまり見かけなくなったのに……しかもちょっと遅いし」

確かにそうだ。ホタルの時期としては少し遅い。派手に飛ぶわけではないが、ひまわり農場の水田にだけホタルはとまっていた。あぜ道横に綺麗な光が漏れている。

「ひまわり農場の水田だけだな」

穂乃花は水田を見まわっている。その黒髪を追うように大地も早足で駆けた。確かにすごい。この季節外れに水倉が作った無農薬米にだけホタルが集まっている。

二人はしばらく歩く。水倉が遺体となって発見された現場近くまで来た。水倉が死んでいた水田からカメムシは消えたが、ホタルもいない。

「カメムシがこっちだけに発生したんだ。何故かわかるか」

大地の問いかけに、穂乃花はううんとうなった。

「向こうにだけ農薬散布をしたのならわかるけど……」

そこで会話は途切れた。大地は水田のホタルをじっと眺めている。

しばらくして振り返ると、穂乃花はいない。どうしたのかと思って溝の方を見ると、用水路から何かを拾い上げていた。

「おい、どうしたんだよ」

穂乃花は真一文字に口を閉ざした。三センチほどの何かを月にかざして見ている。大地も黙ってそれを見た。薄っぺらい何かの破片だ。プラスティック製だろうか。赤と白の二色に分かれている。まるでここでバイク事故でもあったようだ。だがバイクではない。この破片、どこかで見覚えがある。決して昔ではない。事件があったくらいの時期……。

――そうか、思い出した。

衝撃が体を貫いていく。わかった。どこで見たか、……それだけじゃない。水倉社長を殺した方法がわかった。もしそうならすべての説明がつく。そしてここに掘られていた穴の意味、陽翔は誰かが土を袋に入れたと言っていたが、その理由まで。そしておそらくは犯人までたどり着くのは容易だ。こんなもの調べればすぐにわかる……。

「どうしたんですか、小山さん」

「わかったんだよ殺害方法が。たぶんすぐに犯人まで割り出せる」

「え？　何だったんですか」

「ラジコンだよ、ラジコンヘリ……ここに証拠もある」

穂乃花は驚いた表情で大地を見ている。おそらくこの破片、間違いない。誰かが水倉にラジコンヘリを激突させたのだ。殺人の意図があったかどうかはわからないが、以前見たヘリは巨大だった。殺傷能力は十分だろう。そして墜落時に破片がここに散乱、それを犯人は土ごと袋に入れて回収、軽トラで逃げた。だがすべての破片を回収できたわけではない。ここにちゃんと残っていたのだ。

埋もれていたのが雨などで出てきたのだろう。

事件の謎は一つ解けた。だがこれでいいのだろうか。穂乃花はじっと破片を見つめている。今日はこんなはずではなかったのではないか。大地は水田に視線を向ける。

ホタルは少しだけ寂しげに瞬いている気がした。

5

机の上に載っているラジコンヘリを見たとき、複雑な思いに駆られた。

夏祭りに出かけるのをやめ、ようやく農業作文を書き終えたときにその電話はあった。大地からのものだ。父さんを殺した方法はラジコンヘリ――まったく想像できない答えだった。それでも説明を聞くうちにそれが真実であると陽翔は納得した。むしろそれ以外にないと思うようになった。まったく意味不明だった袋に土を詰める行為までそれならすべて説明がつく。

大地から連絡を受けた陽翔は一階に向かい、母さんとお祖父ちゃんにそのことを告げた。二人は当然のように驚いた様子だった。

「ハルト、それがホンマだったら多分、犯人はすぐにわかるぞ」

お祖父ちゃんはそう言った。

「こんなもん、個人で所有しとる奴は滅多にいねえ」

「それはそうだろうね」

「わしも陽太くんが完全無農薬米を作り出す前までは、集団防除に参加しておったからわかる。農薬を撒くときは事前に回覧板なんかで通知するし、看板も立てる。放送でも流すわ。どのコースで撒くかまでちゃんと知らせる。洗濯物干しとる家は中に入れてくれ、みたいにな。それに無人ヘリ飛ばすには資格がいる。わしらの時は業者、ラジコンヘリのオペレーターに任せっきりだったがな」

「破片を調べれば絶対わかるわ」

母さんも同調した。

「覚えとるよ、陽太くんにわしは無人ヘリ操縦の資格を取るよう勧めたことがあった。同時に農薬管理指導士資格も。陽太くんラジコンヘリが好きだったからな。けど彼は頑《かたく》なに資格を取ることを拒んだ。それは農薬なんぞ絶対に撒かんいう意志の表れだったろう。俺は絶対に農薬のために免許は取らない。無農薬で米作りをしますと彼はわしに誓ったんだわ」

父さん……陽翔は心の中でつぶやく。

思えば父さんが死んだ日、僕は出かける前にラジコンヘリに挨拶した。そして二階から抜け出して宗村のもとへ急いだ。産業用ラジコンヘリを見るためだ。確かに宗村の家で見たラジコンヘリは大きかった。兵器にもなるんじゃない？　と冗談気味に問いかけたことを覚えている。本当にラジコンヘリが殺人に使われたというのか。大好きだったラジコンヘリが、父さんの命を奪った……。

「悪いのは犯人だ。ラジコンヘリじゃないぞ」

陽翔の思いを察したのか、お祖父ちゃんが肩を抱いた。

「うん、そうだね」

陽翔は微笑みを返した。そのとおりだと思い直す。どんなものだって使い方次第だ。自動車事故はなくならない。お米を作るトラクターの事故で死ぬ人もいる。おいしい料理を作るために必要な包丁だってそうじゃないか。

玄関のチャイムが鳴った。きっと大地と営農指導員、叔母の水倉穂乃花だ。二人は扉が開くなり、ドタドタと中に入ってきた。穂乃花はケースに入れていた小さなものを取り出すとそっとテーブルの上に置く。

「例の水田横の溝で見つけました」

置かれたのはプラスティックの破片だった。赤と白に綺麗に塗り分けられている。陽翔はそれを凝視する。覚えている。宗村のところで見たラジコンヘリも赤と白だった。産業用無人ヘリなどそんなに多く種類があるわけじゃない。多分これはトンボでいう尾の部分、長く伸びたヘリのテイルが破損して落ちたのだろう。

「これ、ヘリだと思います」

陽翔はごくりとつばを飲み込む。ただおそらくは個人所有のものではないだろう。どうやって犯人までたどり着くのか。いや、宗村のところで見たラジコンヘリによる農薬散布は三人くらいでやっていた。操縦する人、合図マンと呼ばれる人、補助人もいたはず……。父さんを殺したのがラジコンヘリなら、彼らは複数の可能性が高い。

しばらくの沈黙の後、穂乃花が口を開いた。

「無人ヘリオペレーター協議会は、JAの営農部にあります」

その言葉に全員が彼女を見た。

「ラジコンヘリで農薬を散布する者は、この協議会のメンバーでないといけません。詳しくは知りませんけど私も営農指導員です。ある程度のことはわかります。農薬を散布する者はヘリの個人所有者であっても、飛行計画書を提出しないといけません。農薬散布がどのように行われていたか、調べればわかるかと。そしてこのヘリの操縦者も……。でも農薬散布はチームで行いますから、一人が勝手にルートを外れ、兄を攻撃したとは考えにくいです。ヘリによる殺人なら多分、全員がグルだと思います」

しばらく沈黙が流れた。台風が近づいたのか、外は風が激しくなっている。もう夏祭りの喧騒《けんそう》は聞こえない。その風の音を聞きながらお祖父ちゃんが沈黙を破った。

「犯人、絶対に捕まえようや」

誰もがうなずく。陽翔は歯を食いしばった。亡き父のことを考えながら、もう一度大きくうなずいた。


その夜はなかなか寝つけなかった。

台風が接近して雨戸がガタガタいっている。それもあるが、事件のことが頭を離れなかったからだ。犯人の目星はついている。一人はきっと山本晴久だ。山本はヘリで父さんを攻撃したメンバーに違いない。だけど彼はおそらく中心人物じゃない。彼の後ろにはもっと別の人物がいるように思う。事故でもない。農薬散布場所からウチの水田までは離れている。迷い込むとは思えない。最初から殺すつもりでやって来たと考えた方が自然だ。でもどうして殺す必要があったのだろう。よくわからない。あるいは脅すつもりが、間違って殺してしまったのかもしれない。殺意がないと殺人じゃなかったんだっけ？　まあ、それでも同じだ。

「明日考えればいいか」

自分に言い聞かせてベッドにもぐり込む。でもやはり眠れなかった。

浮かんできたのは父さんの記憶だ。よみがえってきて消えない。父さんはラジコンヘリが好きだった。だがそれは宗村が使っていたような一千万円もする大きなやつじゃない。３chとか４chとか呼んでいる小型のヘリだ。父さんの影響で陽翔もヘリに興味を持った。

秋の初め、父さんと二人で、山間にある田舎の河川敷にラジコンヘリを飛ばしに行ったことがある。近所の子供たちが見物していた。その中でヘリを飛ばす父さんはちょっとしたヒーロー。陽翔は少し誇らしげな気分だった。

父さんはラジコンの色々な技を見せてくれた。金づちのような動きを見せるストールターンや、機体を垂直にして円を描くスタンディング・サークルという呼び名をいまだに憶《おぼ》えている。とても今はできないけど、大人になったら絶対にやってみようと決めていた。

ただそれ以上に憶えているのはアキアカネのことだった。

ちょうど、アキアカネの産卵の時期だった。僕たちは休憩中にその様子を見ていた。アキアカネのオスとメスは交尾をしながら飛んでいる。やがてメスのアキアカネは水面すれすれにとまって卵を産みつける。その後ろにはオスがくっついていた。

「ハルトが生まれるときの俺よりはましだな」

陽翔は黙って父さんの顔を見上げた。

「何かしたいのに何もできない。俺は分娩室《ぶんべん》の近くでオロオロしていたもんだ」

何でもできる父さんにも弱点があるのか。陽翔はそう思った。

「だから母さんに頭が上がらないのさ」

「そうなんだ。へえ」

陽翔は笑いながらトンボの観察を続けた。アキアカネは尾で何度か水面を叩いている。そうやって卵を産み落とすらしい。アキアカネは何度もその行為を繰り返した。神秘的な感じがしたけど、一番魅《ひ》かれたのはホバリングだった。高速で羽を動かして水の上に浮いている。母親が子供を産むのは大変なことだ。人間だけじゃなく、あらゆる動物、もちろん昆虫だってそうだろう。そんな大変な行為をしているのに彼らは飛んでいるのだ。それがすごいことだと思えた。

——頑張れ。

その応援は見当はずれだったかもしれない。

こちらが大変だなと思うことでも、彼らには大変なことじゃないかもしれない。やっぱりすごいことだ。ホバリングに陽翔はすごく魅かれた。父さんにホバリングを見せてもらったけど、アキアカネにはかなわないと言っていた。そうかもしれない。ただこの前見た宗村さんのホバリングはすごかった。見えない糸で吊られているかのように飛んでいた。それでもアキアカネにはかなわないのだろうか。

「父さん、僕は絶対に」

つぶやいたとき、不意に眠気が襲ってきた。明日は重要な一日になる。それに備えて眠れと言われているようだ。そうだな、大事なのは明日だ。明日に備えよう。

「おやすみ……」

窓際に置かれたラジコンヘリにつぶやくと、静かに瞼を閉じた。


翌朝は抜けるような青空が広がっていた。

風が頬に当たって心地いい。台風一過というやつだ。この言葉を聞いたとき、台風イッカってどんな家族なんだろうと馬鹿な質問をした。母さんは笑ったが、父さんは俺も同じことを子供のころに問いかけたと告白した。台風は速度を増し、すでに温帯低気圧に変わったという。結局、新潟にはあまり影響はなかったようだ。

ビニールハウスでは、お祖父ちゃんと大地が防風ネットを取り外していた。こちらに気づくと大地は振り返った。

「よう、えらく朝寝坊だったな」

「おはよう」

陽翔はそう言って伸びをする。すでに七時を過ぎている。意外と深く眠り込んでしまったようだ。

台所から卵焼きの匂いが漂ってきた。

「さっそく協議会から事情を聞けることになったぞ」

「えっ、そうなの？」

「穂乃花ちゃんが話を通してくれたのよ」

振り返ると母さんがいた。

「みんなで午前中から農協へ行きましょうって話していたところ。まあそれはいいわ、みんな朝ごはんよ、朝からしっかり食べておかないと」

その言葉に三人はうなずいた。

スクランブルエッグに味噌汁、自家製ヨーグルトという朝食を終えると、四人は大地の運転でJAに向かった。二階の営農部というところに穂乃花が待っていて四人を出迎えてくれた。

「こちらへどうぞ」

彼女は部屋をノックする。開かれたドアの向こうには六十くらいのやせた男性が椅子に座っていた。

「蔵本《くらもと》部長、こちらが水倉さんご一家です」

紹介された蔵本という男性は、こちらを向くと少しさみしげな目を向ける。

「営農部の蔵本興一《こういち》です。水倉から聞いております。亡くなられた社長の活躍は、日本の農業を変えるとまでわたしは思っておりましてなあ。本当に残念なことで」

陽翔は黙っていた。本心で言っているのか。いや、そんなことを考えても仕方がない。

「蔵本部長は農協改革に熱心な方なんです」

穂乃花の紹介に蔵本は少しはにかんだ。

「どうなんですかな。まあ昔から主張しとることは確かですがな……農協は元々農家の暮らしをよくするための集まりでした。でもいつの間にか形を変えていろんな事業に手を出しております。共済なんぞが有名ですな。まあ今でも農家の方々の暮らしに役立っているいう自負はありますが、問題の方が多くなっておるかもしれません。なにしろ農家でない組合員がほとんどですからな」

「そんなことはいいんですよ」

蔵本の言葉を遮ったのは大地だった。母さんも続いた。

「そうよ、蔵本さん……教えてほしいのは無人ヘリについて。農薬散布をしていた日、主人は頭に衝撃を受けて死んだ。これはラジコンヘリが衝突したものなのかどうか。もしそうなら誰がやったのか。これが知りたいだけなのよ」

「そうでしたな……」

蔵本は苦笑いを浮かべる。

「ただ無人ヘリの管理に関しましては厳重に行っておりましてなあ。そういう指導が上の方からもありますし。事故報告でもあればすぐにわかると思うんですが」

「実物を見たらわかるわ。部長さんよ、見せてくれんか」

蔵本はあごに手を当てながら困った顔を見せる。しばらく考えていた。だがやがて意を決したように立ち上がる。

「わかりました。来ていただけますかな」

陽翔とみんなは営農部を出る。蔵本の後に続き、JA駐車場にある倉庫に向かう。シャッターを開けるとそこにはコンバインや脱穀機が置かれていた。蔵本は奥にある物置きのダイヤルを回し始める。

「ここに無人ヘリは置いてあるんですわ。この辺りでは集落営農いうのを推し進めておりましてなあ。みんなでお金を出し合うことで農機具を共有、できるだけ農家さんの負担が少なくなるように考えておるところなんです。無人ヘリもその一つです。オペレーターは専門の業者やのうて、農家の皆さんがやってくれておりますわ」

やがてカチリと音がして、鍵は開いた。

扉が開かれ、ラジコンヘリが姿を現す。一台、二台……全部で三台あった。それぞれよく見るとシールが貼られていて、区別できるようになっている。

陽翔の視線は無人ヘリのテイルに向けられていた。あの破片はきっとテイル部分だ。そして「03」と書かれたヘリのテイル部分を見たときに固まった。明らかにテイルの一部が破損している。陽翔は駆け寄ると、大地から預かっていたプラスティックの破片を取り出し、破損部分にあてがってみる。

「これだよ、間違いない！」

大声で叫んだ。大地たちが拾ってきたプラスティックの破片は、最後のジグソーパズルをはめ込むように「03」の無人ヘリのテイルにしっかりとはまった。偶然のはずがない。間違いなくこの無人ヘリのものだ。

蔵本は信じられないという様子で呆然とヘリを見ている。お祖父ちゃんが声をかけた。

「蔵本さんよ、飛行計画書、見せてもらおうか」

「それは……」

「この3番のヘリを使っておった人物が誰なんか、調べたらすぐにわかるだろ？ 大変なことになったな。あそこに破片が落ちとるいうことは、誰かがヘリを飛ばしとったいうことだわ。陽太くんは農薬は撒かんし、無人ヘリが勝手にウチの水田に飛んでくるはずはないだろう。誰かが飛行予定から逸脱して、ひまわり農場の水田へ無人ヘリを飛ばしたんだわ」

蔵本はようやく我に返ったようだ。

「わかりました。すぐに調べてみます」

彼は倉庫奥にある飛行計画書のファイルを調べ始める。陽翔は近づいてみようとするが、蔵本は隠すような動きをした。

「どうしたのよ、見せなさいよ」

強い口調で母さんが求めた。蔵本はファイルの中の一枚の飛行計画書を見つめたまま動かない。陽翔は横にあった無人ヘリ協議会と書かれた会員名簿のようなものを手に取った。そこにはオペレーターの名前が書き連ねてある。山本晴久の名前や、この辺りの有力者である楠木武雄の名前が見える。やはり彼らもメンバーだ。だがそんなことより見たいのは3番ヘリの飛行計画書だ。この無人ヘリ、誰が借りて使っていたものだろうか。

「誰なんですか。教えてください」

陽翔の叫びにようやく蔵本はこちらを向く。みんなの視線が蔵本に注がれ、彼はやがて観念したように息を吐き出した。

「このヘリを当日、使っていたのはこの人だよ」

力なく蔵本はその用紙を陽翔に渡した。

そこには飛行予定や、使用する農薬などが事細かに記されている。

大地やお祖父ちゃんがのぞき込んできた。だが陽翔は一言も発せずに固まっている。記載された補助人は知らない人だ。だが合図マンの名前には聞き覚えがある。そしてオペレーターの名前はよく知っている人物だ。

そこには宗村日出男――はっきりとそう書かれていた。

第四章　太陽のギフト

1

朝早く起きることが習慣になってから、すでに三カ月ほどが過ぎた。

大地はこの日も起きると、ひまわり農場の合計三ヘクタールの水田の方へジョギングに出た。一人ではない。夏休みに入ってからは陽翔も一緒にジョギングすることが増えていた。ただし彼の方が速く、大地はペースを合わせてもらっているという感じだった。陽翔のペースに合わせていると息が切れてきて、大地は置いていかれる。

「やっぱニートはダメだな」

十字路の辺りで陽翔は、その場で旋回するようにして後ろ向きに走る。水田の方をしばらく見ていた。

追いつくと、大地も水田に視線を移す。

一瞬、背筋に冷たいものが走った。稲に小さな何かが無数にくっついていたからだ。害虫が寄ってきたのかと思った。だがよく見るとそれは虫などではない。水倉が死んだ水田にカメムシが発生して以来、水田を見るのがトラウマのようになっている。

「虫だと思っただろう？　これが米の花だよ」

確かに小さく、白い花が咲いている。

「受粉が終わったんだ。収穫まであと一カ月ってとこかな」

陽翔の言葉に大地はふうんと応じた。無農薬米は順調に育っているということのようだ。それにしても米の花は本当に小さい。米粒よりも小さいように思える。

「これが米の花か？　初めて見たよ」

「朝のうちしか咲かないんだよ。ニートは朝遅いから知らないんだろ」

「悪かったな」

それからも陽翔は憎まれ口を叩いた。だがあまり悪い気はしない。米に花が咲くことは知っていたが初めて見た。いや、小さいころ、学校へ行く途中で俺も見ていたはずだ。それなのに関心もなく通り過ぎていたのだろう。

再び走りだした陽翔の後を追うように大地も駆けだす。しばらく息を切らせながら、背の伸びた十二歳の少年の後を追った。

農協でヘリのオペレーターを確認してから、しばらく陽翔は口を利かなかった。

飛行計画書に書かれていた宗村という人物は、陽翔の知り合いだ。しかも慕っている人物だという。水倉が死んだ日も陽翔は宗村のところへラジコンヘリを見せてもらいに行っていた。父親を殺した犯人が、自分の尊敬する人物かもしれない。複雑な心境なのだろうことは想像に難くない。

「今日はCコースだ。大地」

陽翔はいつものルートをそれ、隣の集落の方へと走っていく。山鳩の鳴き声が聞こえる。陽翔に何度も引き離されながらも大地は追っていく。

隣の集落近くまで来ると、陽翔は立ち止まった。大地は両膝に手を当てて、息を整える。やっと休憩させてもらえたという感じだ。朝早くで空気はひんやりとしているのに、ぽたぽたと汗がしたたり落ちる。草の匂いがした。陽翔はほとんど汗をかいていない。涼しい顔で水田の方を見ている。米の花が咲いているが、ここはひまわり農場の水田ではない。

「ここがあの人の水田だよ」

大地は黙って顔を上げる。

「あの日はオレ、ここからラジコンヘリを見ていたんだ。父さんのようにアクロバット飛行はしなかったけど、あの人はすごくうまかった」

あの人というのは宗村のことだろう。

「今測ってみた。走ったらウチの水田まで七分で着く。軽トラだったら信号もないし、ずっと早い。あっという間だ。オレは農場へ寄り道していたし、時間的には可能だ」

陽翔は意味もなく走っていたのではなかった。尊敬する宗村に対して気が引けつつも、事件のことはしっかり考えていたようだ。

「言っとくけど大地、オレは宗村さんに対し遠慮しているわけじゃないからな。父さんを殺したのなら絶対に許さない。あれから会いに行かず、追及しないでいるのはまだ謎が幾つも残っているからだよ」

「ハルト……」

穂乃花が見つけた破片は、確かにJAが管理する無人ヘリのものだった。

そして飛行計画書から、あの日、そのヘリを借りて農薬を散布していたのも宗村に間違いない。無人ヘリは犯罪に使われる恐れがあるために、厳しく管理されているらしい。どう考えてもあんな場所に破片が落ちている理由がないのだ。あそこで何かがあったことは間違いない。そしてその何かとはラジコンヘリを使った殺人、こう考えることに無理はない。

「父さんは無人ヘリで殺されたんだ。どう考えたってそうだろ?」

「まあ、俺もそう思うよ」

「けどこれだけじゃまだ足りない。怪しいのはあの人だと思う。でも殺人であるとは限らない。父さんをラジコンヘリで攻撃した証拠なんてどこにもないんだ」

たぎる思いを抱いているくせに、冷静な分析だった。

「あの破片は重要な証拠であることは間違いない。父さんの命を奪った凶器が無人ヘリだっていうなら決定的な物証だと思う。でも問題なのは父さんが何で死んだのかが証明できないことだ。ラジコンヘリをぶつけられて死んだのかどうかがわからない。ここが突破できない。それにおかしいんだ。そもそも父さんの死がおかしいと言い出したのはあの人だし、宗村さんが父さんを殺す予定だったなら、どうしてあの日、オレにラジコンヘリを見に来るよう誘ったんだろう。そんなことをしたら犯行は難しくなるだろうに。事務所への侵入者が宗村さんならどうしてあんなことをしたのかもわかっていない。それにカメムシの謎も解けていない。こっちは事件と関係あるのかどうかはわからないけど」

「ハルト、よく冷静でいられるな」

「宗村さんが教えてくれたんだよ。犯人を追い詰めるには証拠が必要だって」

昇りくる朝日を浴びた陽翔の瞳は清流のように澄んでいた。まるで死の前日に自分の夢を語った水倉のようだ。陽翔はいつの間にかタケノコのように背が伸び、言葉使いも大人っぽくなっている。青春のシンボルが頬やあごに幾つもできていた。

「俺も犯人逮捕に協力するよ、見つけよう、決定的な証拠を」

大地は真剣な表情で陽翔を見た。陽翔は少しの間大地の瞳を見つめていたが、やがてはにかんだような笑みを漏らす。

「まあニートでもちょっとは戦力になるかな」

その陽翔の顔は大人びてはいない。以前から変わらぬいたずら少年のものだ。大地は黙って笑みを返した。


今日も暑くなりそうだった。

ビニールハウスの中は空調が効いていて、過ごしやすい。苺をはじめとする幾つかの農作物が育っている。朝早くからラジオが高校野球を延々と実況している。前田は新潟代表チームの試合でもないのに、いちいち声を上げて反応していた。すでに八月も下旬、夏休みも終わりかけている。今流れているのは準決勝の試合。明日で終わりということか。

宗村という元警察官が怪しいとわかりつつも、月日は空しく過ぎていった。

あれからどうすべきかみんなで考えた。だがあまりいい案は浮かばない。宗村に直接問いただしたら、ヘリの事故くらいは認めるかもしれない。この状況で3番ヘリを飛行させ、壊していないととぼけることは困難だ。だが追及してもそこできっと止まる。殺人について白を切られれば終わりだ。それよりこちらが警戒していると悟られるマイナスの方が大きい。そういう考えから今のところ何もできないでいる。

ふと見ると、前田は容器に入れられた溶液を眺めていた。

この溶液は、営農指導員の穂乃花が持ってきたものだ。普通の有機肥料ではなく、水倉が開発した肥料とも呼べない魔法の溶液らしい。腐植前駆物質とかいう難しい名前だったので、『魔法の水』と勝手にわかりやすい名前を付けている。彼女は持ち出したデータからその溶液を完成させてこの間持ってきた。それを最終追肥のような恰好で、彼女の決めた分量だけ注入してほしいと言われている。だが前田はためらっていた。

「これって自然栽培っていえるんですかね」

大地は前田に問いかける。小昼は無肥料・無農薬の自然栽培が売りだ。だがまだ全国的には知名度は低い。とはいえこれが肥料に当たるなら、今年から小昼の名前を冠することはできなくなるのではないか。

「どうかな……彼女の話では肥料には当たらねえそうだ。どこまでが自然栽培なのかは争いがあるからなあ。無肥料・無農薬だけが自然栽培の定義いうわけでもない。けどこのままでは苺作れんから、これ使うのも仕方ないわな。わしらには陽太くんの真似はでききんのだし」

「そうですね」

大地は前田の作業を見ていた。

「大地くん、店に行くから軽トラ乗っけてよ」

入口から声がかかった。菊子が焼きあがったばかりのパンのような顔で、トウモロコシを手に持っている。

「わかりました。行きましょう」

大地は軽トラに向かう。荷台には農場で穫れた多くの農作物が載せてある。これから二人はこの農作物を売ってもらいに行く。通常、農家は穫れた農作物をJAや米穀店などに運び込む。販売ルートなど持たないからそこで売ってもらうのだ。ただしひまわり農場ではJAは通さない。ファーマーズ・マーケットという直売所で販売する。

燕市内にあるファーマーズ・マーケットには多くの人が詰めかけていた。

中規模スーパーくらいの大きさで、ぱっと見には普通のスーパーに見える。「オーガニックFM」という名前だ。生産者たちが自分で育てた農作物を並べていた。震災の復興支援という表示とともに、放射能測定の結果が表示されている。「ここで売られている農産物からは放射性ヨウ素、セシウムなど検出されず安全です」かなり放射能に気を使っているのがわかる。新潟でこれでは、被災地は推して知るべしだろう。菊子は知り合いの農家と何やら話をしている。大地は軽トラから荷物を運びつつ、他の農家が持ち込んだ作物を見た。

トウモロコシやナスビ、トマトといった穫れたての作物が多い。そこには生産者の名前や住所、場合によっては顔写真が入っている。これによって誰がいつどこで作ったのかが明確になる。消費者としても安心して買うことができる仕組みだ。全国に散らばる有名なファーマーズ・マーケットもあり、JAが主催しているものが多い。ただしここはJAの主催ではない。農薬を使わない農産物ばかりを扱っている。まだあまり規模は大きくないが、それなりに客は入っているようだ。

大地は農作物を運び終わると、駐車場に向かった。

軽トラがたくさん停められていて、見分けるのに苦労する。ひまわり農場と書かれた軽トラに乗り込むと窓を開けた。牧場に近く、田舎の香水の臭いが漂ってくるが以前より気にならなくなった。菊子が知り合いの農家とまだ話し込んでいるので、マーケットで売っているお米入りアイスを食べる。

その時、一台の軽トラが端の方に停まった。荷台にはトマトが大量に積まれている。大地は何の気なしに見ていたが、降りてきた老人には見覚えがあった。特徴的な太い眉毛が少し下を向いている。葬儀の時に見た。宗村日出男、例のラジコンヘリの老人だ。彼は米作りに農薬を撒いているらしいが、トマトは無農薬で作っているのだろうか。

宗村は段ボールに詰め込んだトマトを軽々と持ち上げると、ファーマーズ・マーケットの方へ向かう。あれくらいの量ならかなり重いと思うが、平然と運んでいる。カメムシ騒動の日、大地は事務所二階で何者かに襲われた。あれが誰であったのかは判明していない。宗村は元警察官だ。それなりに武術の心得はあるだろう。老人とはいえ、これだけ動けるのだ。犯人である可能性は高い。

「こいつなのか……」

大地は宗村の腕を見た。だがわかるはずもない。

宗村は何度か往復していたが、特に疲れた様子もない。今朝、大地は陽翔と約束した。水倉を殺した犯人を捕まえると。文句なく怪しいのは宗村だと思う。だがどうやってあれ以上の証拠を見つければいいのだろう。まるでわからない。

宗村は運転席のドアを閉め直した。ドン、と強く閉めた時、上から吊られた小さな何かが揺れる。よく見るとそれはお守りだった。燕の絵が描かれている。

――まさかあれって……。

事務所が襲撃された時に見たものと同じだ。やはり宗村が犯人なのか。

ドアを開けようとした。だが途中でやめる。そんなことをしても宗村は絶対にボロは出さないだろう。いやかえって警戒させて真実への道が閉ざされてしまうかもしれない。犯人は土を袋に入れて持ち去っている。ラジコンヘリが墜落した痕跡をそうまでして消し去りたかったのだ。ということはたまたま近くの側溝に落ちたあの破片に関しては気づいていない可能性が高い。犯行はまったく気づかれていない――そう思っているはずだ。ここで下手につついては真実は遠ざかる。

すべての商品を運び終わると、宗村の軽トラは駐車場から出ていった。入れ違いのような恰好で菊子が戻ってきて、大きな臀部《でんぶ》を助手席に乗せた。

「ごめんごめん、話し込んじゃったわ」

ひまわり農場へ戻る途中、大地は考えていた。あれは確かにあの時見たのと同じお守りだ。これからどうすればいい？　証拠を集めるといってもやりようがない。宗村を尾行でもするか。いや、そんなことをしても意味はない。意味があるとすれば宗村の仲間から情報を得ることだろう。合図マンをやっていた五百川という刑事から何か聞き出せないか、そう思った。

「主人の同級生でね……なんか最近、農業に目覚めたとか言って」

「同級生？　社長って東京の人じゃないんですか」

「言ったでしょ、主人はここから少し離れた村の出身。彼のお父さん、久住陽一郎《くずみよういちろう》って人は生命保険会社勤務だったかな……結構有能な人だったらしいわ。でも東京暮らしが嫌になって急に脱サラ、実家のあった村で農業を始めたの。でもあまりうまくいかなかったみたいね。借金重ねて失意のまま死んじゃったんだって。主人もあまりそのあたり詳しく話さなかったけど」

会話は途切れた。そういえば先日、穂乃花もそういうことを言っていた。水倉が強い意志で農業を始めたのはこういう父親の失敗があったからかもしれない。父親が果たせなかった夢を自分が果たしてみせると思った可能性もある。だがこういうことは事件と関係してくるだろうか。

その時携帯に着信があった。表示は陽翔となっている。

大地は車を左側に寄せると、通話ボタンを押した。

「はいよ、何だハルト」

呼びかけに陽翔は少し興奮気味だった。

「おい、どうしたんだよ」

問いかけると、陽翔はややトーンを落とした。

「おかしいんだよ。今、宗村さんトコのビニールハウスにいるんだけど、どういうわけか作り方がウチとそっくりなんだ」

　言葉の意味が少しわかりかねた。ただわかることは宗村はさっきファーマーズ・マーケットを出たばかりで、まだ家には着いていないだろうということ……つまりは陽翔が勝手に侵入しているらしいということだ。宗村が外出した隙をついて陽翔は入り込んでいるのだ。おそらくは水倉を殺した証拠を集めるために。

「ハルト、お前、住居侵入してんのか」

「仕方ないだろ？　こうでもしないと証拠なんぞ見つからない。もうちょっと調べてみるよ」

　大地はやめろと言ったが、陽翔は一方的に通話を切ってしまった。

2

　目の前のビニールハウスには見覚えがあった。

　大きさや形状はまるで違うし、近くに農薬や肥料が置かれていることも違う。だがそこの雰囲気はひまわり農場のそれと似ていた。

「ねえいいのかな。勝手に入っちゃって」

　横から声をかけてきたのは楓だ。

「大丈夫、大丈夫、このくらいならな」

　陽翔は楓の方を向くことなく、ビニールハウス内を見まわしている。特に注目したのが土だ。苺を植えつけるこんもりと盛り上がった土を根付け床というが、これがひまわり農場のものと形状がそっくりだった。通常、根付け床は幅が一メートルくらい、高さは三十センチくらいだが、ひまわり農場では少し違う。幅が少し広く、高さも十センチくらい高い。その様子とそっくりなのだ。

このビニールハウスの持ち主は宗村日出男だ。

陽翔は勝手に敷地内に入った。ビニールハウスにも鍵はかかっておらず、あっさり入れた。規模はひまわり農場とは比較にならないくらい小さい。八畳くらいの大きさだ。家庭菜園のレベル。だがそれでもよく似ているように思える。

もちろんこれだけでは何とも言えない。問題なのは土そのものだった。その色、粒の細かさがこの家の他の土とはまるで違う。独特の粘着感。これはひまわり農場の土そのものではないだろうか。手に取ってみても感触が似ている。粘着質なようで溶けていく感じだ。どういえばいいのか土ではないような不思議な物質……そんな気がする。

思い出したのは事件当日のことだ。軽トラで逃亡した人物は土を持ち去った。大地の推理では、あれはラジコンヘリの破片が散乱したのでそれを集めたためだという。そうなのだろうか。ひょっとして持ち去りたかったのは土そのものではないか。破片を集めるのはむしろついでだったのかもしれない。

農作物を作る際に一番大事なのは土だと父さんはいつも言っていた。もちろん水も光も必要だが一番ベースになるのは土。これをいかにして作るかがすべてだという結論に達していた。陽翔は思う。宗村もイチゴを栽培したかった。だがうまくできずに父さんから土を奪おうとした。それがこの事件の根本にあったのではないか。

あるいは少しずつ、気づかれないように水田近辺から土を奪い去っていたのかもしれない。それをこの苺作りに利用した。もしこの土がウチの農場から盗まれていたものだとするなら、これは証拠になる。この土がウチの土だと証明する方法はあるのだろうか。成分などを分析すれば可能かもしれない。いや、それでも殺人とは無関係――そう言われるだろう。

「水倉くん、やっぱヤバいよ」

「くそ、他にないか」

すくった土を根付け床に叩きつけると陽翔は探した。だがビニールハウス内には特に気になるものは他に何もない。ゾウの鼻の形をした如雨露《じょうろ》が笑っている。陽翔はいらついてそれを蹴飛《けと》ばそうとしたがこらえて、庭に出た。

宗村の家はそれほど大きくはない。万引きで捕まったときに娘が二人いたが嫁に行ったと言っていた。一人暮らしだ。軽トラがないので、今は誰もいないはずだ。中には何度か入ったことがある。プチ保護観察だと言われた。だがその時は宗村にこんな疑いを抱くなど思いもしなかった。あのころは宗村を尊敬していた。

いや、その気持ちは今も変わらない。父さんを殺した犯人が宗村でなどあってほしくない。だが今、可能性は十分にある。昨日、五百川刑事に聞いた。農薬散布が終わりヘリを軽トラに積み込んだ後すぐに帰ったらしい。片付けやヘリを返す作業は宗村が一人でやった。それは間違いない。ただそれならどうしてわざわざ僕を呼んだのかという謎が残る。

あれから少し考えた。ひょっとすると宗村が僕を呼んだのは万が一を考えてのアリバイ作りのためだったのではないかと。その予定がどういうわけか狂った……。宗村が犯人であってほしくない。歪みかけた精神を元に戻してくれた人だ。とはいえもし犯人だとするなら絶対に許せない。犯人だと思いたくないからこそ調べるべきなのだ。

「楓、中を調べてくるから見張っていてくれるか」

「ええ？　完全に住居侵入だよ」

確かにそうだ。だからこれ以上は楓に頼めない。

「じゃあもういいよ、あとは一人でやる」

そう言ったら楓はかえって頑なになった。見張るだけならと言って帰ろうとしない。陽翔はすまない気分になった。本当なら楓を巻き込まずに一人でやるべきだったなと今さらのように後悔した。

「外で軽トラが来ないか見張ってるよ、来たら携帯に連絡する」

「悪いな、楓」

楓は親指を立ててウインクする。変な恰好だ。

玄関には当然のように鍵がかかっていた。陽翔は裏口に回ると、Uの字のようにひん曲がったキュウリをどけてノブに手をかけた。

「知っている。ここは開くんだ」

つぶやきながら扉を開けた。開けたままにしておこう。すぐに出られるように。土足のまま上がるわけにもいかず、靴を脱ぐ。ずかずかと中へと入った。この中に何か証拠があるとしても、おそらくそれは居間や便所など陽翔が入ったことのある場所ではない。そんなところにヤバいものを置いておくはずがない。

陽翔は台所を抜けて奥の部屋へと向かう。ここには入ったことがない。宗村が何かを隠しておくとすればこの部屋くらいではないか。

扉を開けると、目に飛び込んできたのはトロフィーだった。幾つもある。昭和三十九年と書かれたトロフィーには、柔道の一本背負いの絵が刻まれ、新潟県大会準優勝と書かれている。隣の盾もそうだ。燕市高校柔道大会優勝という文字がある。宗村は柔道をやっていたようだ。達人かどうかは知らないが、ある程度の実力を持っていたことは間違いない。大地があっさりとやられたことを考えても、宗村がやったと考えるのは自然だ。初めて腕をつかまれたときの感触は今も残っている。

陽翔はそんな思いを振り切って部屋の中を探す。目立ったものは特にない。釣りの本や農業関係の本、地元出身の相撲取りの手形が飾られているくらいだ。気になったのは幾つか古い団扇が置かれていることだ。そしてそこにはどこかで見た村の名が書いてある。これは父さんが昔、住んでいた、山の近くにある村の名前だ。宗村もここの出身だったのか。少し怪しさが増すように感じたが、ここからこの村までは遠くない。それほどおかしなことでもないだろう。

机の上にはノートパソコンが一台置かれている。ここに何か情報はないだろうかと思って陽翔は電源を入れてみた。

古いパソコンで立ち上がりが悪かった。いらいらしながら待っていると、ようやく立ち上がった。陽翔の使っているパソコンは最初にパスワードを入れないとダメだが、これはそんな要求はされない。

デスクトップにはアイコンはほとんどなかった。ただWORDで打ち込まれたファイルが幾つか表示されている。農協や町内会がどうしたという地域の行事に関することのようだ。おそらく年配者の中ではパソコンを使えるのでそういう役職をやらされているのだろう。

陽翔の関心はUSBメモリにあった。リムーバルディスクの中を開く。ごちゃごちゃと色々なファイルが入っている。陽翔はハッとした。一つのファイル名に見覚えがあったのだ。「KOBIRI19－7－5」そう書かれている。KOBIRI……小昼のことだ。陽翔はそのファイルを開いた。

「これって……」

あったのは、以前見たことのあるデータだった。ハッキリ言って意味はわからない。それでもこれは父さんが事務所二階に保管してあった記録だ。間違いない。

「とうとう見つけた」

思わず声が漏れる。体中が震えていた。宗村はデータを盗んでいた。おそらくは最初からデータ化されていると思ってこのUSBメモリにコピーして持ち去ったのだろう。こいつを警察に持っていけば今度こそ……。いや、まだダメかもしれない。

よく考えればこれは殺人の証拠ではない。これだけでは殺人を証明できない。それにこれがここにあったと警察に言っても信用されるだろうか。

以前宗村が言っていたことがよみがえる。違法収集証拠という概念があって、不法に得た証拠では刑事裁判の証拠にはならないと彼は言っていた。今回のケースはまさにそれだ。警察が踏み込んで、ここで発見しないと意味がないのかもしれない。

携帯が鳴った。表示は楓。

「水倉くん、逃げて、宗村さん帰ってきたよ」

わかったと言って通話を切る。バイブにしてポケットにしまった。少し遅れてタイヤが砂利を踏みしめるような音が聞こえた。窓からのぞき見ると軽トラが入ってきた。宗村だ。車を降り、荷台から段ボール箱を下ろしている。

「くそ、どうにもならないのか」

陽翔は小さく叫んだ。だがどうしようもない。少なくともここに侵入した形跡だけは消さないといけない。そう思って焦りつつも慎重に作業した。電源ボタンで切りたい誘惑を振り払ってスタートボタンからシャットダウンする。部屋を後にすると裏口からそっと外に出た。こういうことも考え、自転車は墓の近くに置いてきていた。宗村はやっと作業を終えて玄関に向かっている。大丈夫、これなら気づかれる心配はない。

その時、携帯が震えた。表示は大地。嫌がらせのようなタイミングだ。馬鹿野郎と怒鳴りたい気持ちを抑えつつ、すぐに電源を切る。そのまま木陰から敷地の外に出た。宗村はこちらに気づいた様子はない。かろうじて大丈夫だったようだ。

宗村の家を出てから動悸が収まらなかった。

侵入した痕跡は残さなかったはずだ。だから大丈夫。だが遅れておかしな感情が湧いてくる。発見したという昂揚《こうよう》感、怒りと憎しみ、失望と絶望感。よくわからない気持ちの悪い感情だ。外には楓がいて心配そうにこちらを見ている。やがて幾つかの感情を押しのけ、一つの強い思いが高まってくる。それはやらねばいけないという使命感だった。

「ねえ水倉くん、どうだったんだよ」

さっきから楓は何か言っているようだったが、ようやく声が認識できた。無視していたわけじゃない。興奮して聞こえなかったのだ。

「見つけたよ……」

陽翔は小さく答える。

「ええ？　何を」

「決定的な証拠があった。間違いなく犯人は宗村さんだ」

「どういうこと？」

楓の問いかけに陽翔はこれまでの経緯を説明する。

「これで間違いないよ」

楓もうなずく。そうだ。もうこれで確信できた。宗村以外に犯人はいない。殺人までは無理でも、少なくとも強盗致傷で逮捕できるレベルにはあるのではないか。警察は動いてくれるだろうか。本来なら宗村が警察を動かすために一番協力してくれるはずの人だった。それがこんなことになるとは。だがもう考えても仕方ない。宗村さん……いや宗村日出男は敵だ。

楓と別れ、自宅に帰った陽翔は大地に電話し、ビニールハウスに向かった。

さっき触れた土の感触はまだ手に残っている。もう宗村が犯人だと確信しているが、どうすべきかを考えていた。とりあえずお祖父ちゃんやみんなに相談しよう。

ビニールハウスには、お祖父ちゃん、母さん、大地、それにスーツを着た穂乃花さんがいた。父さんの妹だから叔母さんだが、若くて綺麗なので叔母さんと呼ぶのにどうしても抵抗がある。腕まくりをして何か作業をしていた。苺の溶液を注入しているところだ。

「オッケー、こんな感じですよ」

穂乃花はスポイトのようなものをケースに収めた。

「ただいま」

「ああ、ハルトくん、おめでとう」

穂乃花は陽翔に気づくなり祝福した。陽翔は目を瞬かせる。誕生日は二月だし、何の祝福なのかよくわからない。

「ハルトくん、この前農協の作文コンクールに作品出したでしょ？　係りの人に聞いたんだけど、あれ入賞したみたいだよ」

「ふうん、そうなの」

陽翔は気乗りのしない返事をする。そんなことか。作文には父さんのことを書いた。寝る暇もなく苦労して小昼を作っていく様子、日本の農業に夢を持っていたことなどを書いた。自分ではうまい文章だとは思わなかったけど、父さんの死ということもあって、きっと憐れみから入賞させてくれたのだろう。

「入賞者は九月に農協会館で朗読してもらわないとね。それなりに人は来るけど、まあ農業関係者ばかりだし気楽に読めばいいいわ」

「何だよそれ」

大勢の前で作文の朗読などしたくない。余計な仕事が増えるだけだ。こんなことなら入賞しない方がよかった。全然おめでとうじゃない。

気を取り直してみんなの前でさっき宗村の家で見たことを話した。誰もが驚いた表情を浮かべている。

「たぶん事務所で俺を襲ったのは宗村だ。さっき燕のお守りを確認したよ」

大地が腕を組みながら言った。そうなのか。だったらもう間違いないだろう。

しばらくの沈黙の後、お祖父ちゃんが声を発した。

「やっぱり……あの駐在が犯人だったわけか」

陽翔は黙ってうなずく。そうだ。もう確信している。だがこの証拠ではまだ殺人までは届かない。それに警察は動いてくれるだろうか。宗村は警察OBでもある。陽翔はそういうことを話した。

「俺が襲われた事件は一応、強盗事件だ。捜査してくれている。宗村が怪しいっていうんなら動いてくれるだろうよ。そしてあの事件の取り調べの中で、宗村は水倉社長の殺害についても自供する可能性があるしな」

大地の言うとおりかもしれない。続けて母さんが口を開く。

「でもどうして宗村さんはこんなことをしたのかしら？」

誰も返答しなかった。陽翔はさっき、宗村のビニールハウスで見た土がウチのとそっくりだったと話した。それは動機を説明しているように思える。だがそれでもみんな腑《ふ》に落ちないようだ。確かにそれは陽翔も感じるところだ。もう宗村は隠居暮らしをしている。鶴巻ならともかく、今さらどうして父さんの技術を盗んでまで農作物を栽培する必要があったのだろう。

「どうするハルトくん？　警察に報告しよっか」

穂乃花の問いに陽翔はしばらく考えた。もう宗村の犯行については確信している。だがその動機の解明という点がまだ弱い。

「一つだけ心あたりがあるんだけど……」

穂乃花の言葉に、誰もがそちらを見た。

「私と兄が育った村にはそういうお守りを置いている神社があったと思う。まだ小さかったから詳しくは覚えていないけど」

その時、宗村宅で見た団扇が頭に浮かんだ。あの団扇には燕市の方の山間部にある村名が書かれていた。父さんが子供のころ住んでいた村。そこに宗村との接点はないのか。そしてそこから何か決定的な証拠を見つけられないか。

陽翔はしばらく黙った後、大地に声をかけた。

「もう少しだけ調べたいんだ。大地、軽トラに乗せてくれる？」

「何だよ遠慮して……お前らしくないぞ」

大地は笑った。

「こっちは今日、部活ないけど、そっちは時間あるの？」

「ニートを舐めんなよ」

軽く睨んだ大地を見て、陽翔は口元を緩めた。

3

軽トラは山間部にある村へと向かっていた。

助手席で陽翔は親指の爪を嚙《か》んでいた。真剣に何かを考えている。運転席の大地は一度陽翔を見てすぐ前を向き、運転を続けた。もう宗村の犯行に間違いはないだろう。彼なら無人ヘリを操縦して水倉を殺し、事務所二階で大地を殴りつけることも可能だ。証拠も一応ある。この状況下、宗村以外に犯人は想定しづらい。

だが事件の真相解明までにはまだ少し距離がある。

見えないのは動機だ。どうして宗村は水倉を殺し、データを奪い去ろうと思ったのか。鶴巻のように必死になっていたのならわかるが、そういうわけでもない。ただ言えることは間違いなく水倉と宗村の間には因縁があったということだ。事件を解くカギはそれくらいしかない。

「こっちだったな」

山の方へと車は進んだ。この辺りにも水田が多く広がっている。ひまわり農場より生長が速く、すでに水稲は黄色く変わり始めている。この辺りは新潟平野ではなく山がそびえている。段差のあるところにも水田があって水稲が色づき始めていた。前田の話では山の方が寒暖の差があって基本的においしいコメができるというが、この辺りはその条件に合っているように思う。

道沿いに古い集落が幾つか点在している。自然の豊かなところだ。集落には巨人のユニフォームを着た王選手のカレーの広告や、ラムネの広告が貼られている。どちらもかなり古い。「イノシシ注意」と書かれた比較的新しい看板も見えた。減反政策によって作付をやめた水田も目立った。TPPだけが取り沙汰《ざた》されるが、農業は単純ではない。

山の方には巨大な化学薬品工場があった。聞き覚えのあるメーカーだ。ちょうど休み時間になったようで、社員が外で休憩している。東南アジア系の社員が多く、日本人らしき人影は少ない。近くに寮があるようでそちらに向かっていく社員もいる。こんなところに工場があるとは意外だ。

最初に大地が向かったのは久住宅だった。陽翔の祖父、久住陽一郎の実家がここにある。菊子も知らなかったが、詳しい場所は穂乃花が知っていた。ここで水倉社長と穂乃花の二人は幼少期を過ごしている。だが両親が亡くなって、母方の実家、水倉家が二人を引き取ったらしい。陽翔も来たことは一度もないらしく、この辺りの風景を珍しそうに眺めている。古い家ばかりで廃屋も多い。

久住宅は村の端にある一軒家だった。それなりに大きく、横には小川が流れている。水田や畑もあるが、雑草が伸びているだけだ。何となく大地の富山の実家に似ている。

案の定というべきか久住家には誰も住んでいなかった。茅葺の家にはツタが巻き付き、崩れて茶色い土がのぞいている。庭の草は伸び放題。放置されたビニールハウスの残骸《ざんがい》が横たわっているだけだ。ここまで朽ちるのに十年程度ではきかない。到底住める状態になく、これでは水倉も家族を連れてくることはできなかっただろう。

「行こうか、ハルト」

大地が声をかけたが、陽翔は動かない。黙って川の方を眺めている。大地はため息をつき、そちらを見る。

「オレ、ここへ来たこと……あったんだ」

陽翔は小さくつぶやく。意外な言葉だった。どういうことなんだと大地は問いかけた。

「この川べりで父さんとラジコンヘリを飛ばした。間違いない」

陽翔は少し駆けた。だがすぐに橋の上で立ち止まる。橋といっても手すりもなく、車も通れないくらいの幅だ。長さも十メートルほど。その上でしゃがむと、陽翔は小川のせせらぎを聞くように水面に目を注ぐ。少し目が潤んでいるように見える。

大地は思う。おそらく水倉は息子を自分が育ったところに連れてきたかったのだろう。自分の記憶の断片に触れてもらいたかったのかもしれない。ここは陽翔だけでなく、水倉にとっても子供のころの記憶が詰まった思い出の場所だったのだ。

「行くか、大地」

大地はうなずくと、車はそこに停めたままで近所を聞いて回ることにした。

この辺りの住民は、そのほとんどが老人だった。

ノーヘルでバイクに乗ったお婆さんが通り過ぎながら、大地と陽翔を見ると物珍しそうな顔でじろじろと見た。アパート暮らしの時は感じたことがなかったが、よそ者を観察する感覚なのだろう。話しかけにくかった。

　カーブミラー横の一軒家の縁先で男女が大声で笑いながら話している。老夫婦のようだ。彼らなら大丈夫だろうと思い、大地は声をかける。

「すみません、少しよろしいですか」

　男性の方が目をぱちくりさせた。女性の方はタオルで汗を拭《ふ》いている。物珍しそうにこちらを見ているが、悪意のようなものはまったく感じられない。

「ん？　何だなあんたら」

「この辺りに燕のお守りを売ってる神社はないですか」

「ああ、そんならこの先じゃ」

　やはりここか……。大地は問いを続ける。

「久住さんという方のことを聞きたいんですが」

　二人の笑顔が一瞬で消えた。大地は老夫婦を交互に見る。あれだけ明るく笑い合っていた二人が久住と聞いただけで黙ってしまうというのは変だ。

「この近所に住んでいた久住陽一郎さん、息子の陽太さんのことが聞きたいんです」

　老夫婦は顔を見合わせている。

「陽一郎さんはここの出身、東京に住んでいたけど脱サラしてここに戻ってきたんですよね？　そして農業を始めた。違いますか」

大地は知っていることを話した。だが老夫婦は口を閉ざしてしまった。

「久住陽一郎さんのことを教えてください。お願いします」

「悪いが……よく知らね」

シミの多い老人は立ち上がると背を向けた。頬かむりをした女性の方も老人の後に続く。何なんだこの反応は……。

「お願いします。どうか教えてください！」

陽翔が大声を出す。老夫婦は少年の真剣な眼差しに困った表情を見せた。だが陽翔は両膝を地面につけて懇願した。

「どうか教えてください！　僕のお父さん、お祖父ちゃんについて」

必死な少年に二人はしばらく押し黙る。まじまじと陽翔を見た。老人の方は目を丸くしながら驚いていた。

「陽太くんの息子か？　確かに似とるわ」

「父さんを知っているんですね」

陽翔の言葉に、老人は長い息を吐き出す。

「まあな……子供のころだけやが」

頬かむりをとったお婆さんも同調する。

「優しい子やったねえ、よう小川の方でトンボと遊んどった。農業に興味があってねえ。人んちの田植えや草刈りまで手伝っとったよ。いや農業だけやないねえ。ヒルとかみんな気味悪がるのにあの子はそんなもんにも興味持っとった。牛の糞や、虫なんかもな。自然が大好きやったんや。マムシが川を泳いどるときも真剣に見とったな。わしがあぶねえって抱えて連れて帰ったこともあった。何にでも好奇心が旺盛《おうせい》な子だったわ」

陽翔は初めて聞かされる父のことを黙って聞いていた。大地は思う。つまり水倉社長は偏見なく何でも取り入れる性格だったということだ。彼が肥溜めの上澄みなどを研究していたのもまさしく偏見のなさゆえなのだろう。そして誰よりも自然を愛していた。だから農薬や肥料を毛嫌いしていたのだ。

「けど親父さんがなあ……」

その時、陽翔は睨むような眼差しを老人に送った。その視線に耐え切れず、老人は一度言葉を切った。

「何なんですか、お祖父ちゃんがどうしたんですか」

陽翔の問いかけに老夫婦はうつむく。困った表情だった。

「言ってください。お祖父ちゃんが何かしたんですか」

重ねた陽翔の問いかけにも二人は無反応だ。ただある程度想像はつく。水倉の夢はきっと父親である久住陽一郎氏の夢でもあったのだろう。これだけ彼らが口をつぐむということはおそらく……。

答えない老人たちに代わって、大地は口を開いた。

「村八分にされた……そういうことですか」

お婆さんだけが顔を上げた。夫の老人の方も顔こそ上げないがピクリと反応している。おそらく当たりだ。そして彼らも久住陽一郎を村八分にすることに同調していた。そういう後ろめたさがあってこういう態度になったのだ。

しばらく沈黙が流れた。陽翔も黙っている。だがすでに眼差しは穏やかになっている。老夫婦に対する怒りはあるが、それを露《あら》わにしても仕方ない。そんな感じで抑制を利かせていた。大地は陽翔の代わりに彼らに説明する。

「ハルトの父、陽太さんも村八分にされました。変わったことをやり出したからです。久住陽一郎さんも同じだったのではないのですか」

老夫婦はもう一度顔を見合わせる。観念したように老人が口を開いた。

「この村では四十五年ほど前に巨大工場を誘致するいう決定がなされたんや。農薬や肥料もつくっとる工場でなあ。みんなそれを使《つこ》うとる。自然に悪影響があるいう心配もあったが、その分、金が落ちて村は豊かになったからのう。特に工場用地として買い上げてもろうた家なんかは予想以上の金もらって他の町へ出ていったわ」

そういえばここに来る途中、近くに大きな化学薬品工場があった。誘致されたのはあれなのだろう。

「陽一郎さんは嫁さんを癌《がん》で亡くした。あの人はその死がその工場の化学薬品によって引き起こされたものや言うてな。あてつけのように無肥料・無農薬で農作物の生産を始めたんだわ。わしらは素人がそんなことやっても失敗するって思うとったが、意外とうまいことやっていた。けどそれは村の決定に喧嘩を売る行為やとみなされたわけや。徹底的に無視され、用水路も使わせてもらえんようになって……それである日事故で死んだ」

「事故……ですか」

大地のつぶやきに、老人は大きくうなずく。

「はっきりとは死因はわからんかったんよ。川に落ちたのは間違いない。けど自殺かもしれんしなあ。あの人は村八分にされて絶望しとったし」

大地は老人を見た。陽翔も何かを言おうと口を開いた。だが老人は二人を押しとどめるような恰好をした。

「あんたらの言いたいことはわかっとるよ。そんなことでのけ者にするなんて陰湿だというんだろう。そうかもしれん。けどな、村には村の掟《おきて》、価値観いうもんがある。みんなで決めたことには従わないかん。そりゃあ頭がいい連中は他のやり方で農業を始めるやろう。こんなもん見限って別の職業に就く奴もいよう。けどみんながみんな頭がいいわけやない。それに先祖からの土地を手放すわけにはいかん。わしらにはこうするしか他に方法はなかったんや。自分の生活を維持するだけで精いっぱいやった」

言い訳としか聞こえない。陽翔は黙っているが、どういう心境なのだろう。郷に入りては郷に従え、自分たちの価値観を絶対だと思って押し付けるな……言いたいことは分かる。能力の違いというのもどうしようもない。みんながみんな水倉のようにはなれない。だが、みんながそうなれないからといって、才能を持った人間をつぶしてしまっていいのだろうか。老人の考え方では二宮尊徳や水倉陽太のような人物は排除されてしまう。

大地は自分を顧みる。今、心には怒りがある。陽翔の祖父をのけ者にした彼らへの怒りだ。だがそういう心は自分の中にも確かにある。自分には卓越した才能がないと思ったときに人は恐れる。そして能力ある者を排除しようとする。そういうものなのかもしれない。だがそんなことで水倉社長は死ななければいけなかったというのか。ここにいる陽翔の父は殺されたんだ——そう言おうと思ったときに、陽翔が先に口を開いた。

「宗村日出男という人物を知っていますか」

大地は驚く。肉親でもないこちらが興奮しているのに、陽翔が意外に冷静だったからだ。おそらく叫びたい思いをかみ殺しているのだろう。

父の無念をあえて隠した陽翔の問いに、老人は少しだけ間を置いてから答えた。

「宗村？　ああ、ここにいた駐在だ」

大地と陽翔は黙って顔を上げる。今、ハッキリと水倉と宗村がつながった。だがこれをどう解すればいい？　水倉が宗村に恨みを向けるのはわからなくはない。村八分にされていた父を救えなかったのだから。だが宗村が水倉を殺す理由は……。

「何というかあまりやる気のない奴でな。それでもみんな頼りにはしとった。例の陽一郎さんの死の際、父親の死について陽太くんは宗村と喧嘩していたよ。妹さんも小さかったし、可哀想にと思うとった」

「久住陽一郎の死、本当はどうだったんですか」

陽翔は静かに問いかける。だが老夫婦は首を横に振る。小さな声で、すまんな、と言うだけだ。

おそらくこの調子では彼らから情報は得られないだろう。

「じゃあ陽一郎と陽太、宗村はどういう関係だったんですか」

陽翔は質問を変えた。老夫婦は顔を見合わせる。お婆さんの方が口を開いた。

「駐在の宗村と陽一郎さんは、意外と仲が良かったんだわ。年が同じでどちらも柔道をやっていたということもあってな。よう家に行っておったよ」

陽翔は再びうつむいた。黙り込んでいる。

水倉の死はこの時代からの因縁が起因していることはまず間違いないだろう。ここまでのことが偶然で起こるとは思えない。久住陽一郎の死因が気になるが、三十年近くも前の話だ。きっと証拠は残っていない。推理していくしかないだろう。

それから大地と陽翔はもうしばらく村を回って住民たちに話を聞いた。だがその後得られた情報はこれといってない。たわいのないものばかりだった。二人は決定的な証拠を得られないまま、村を後にした。


ひまわり農場への帰り道、陽翔は寡黙だった。

これで宗村に抱いた疑惑は確かなものになっただろう。もちろんまだ謎は多い。久住陽一郎の死――そこにきっと何かがある。大地は推理した。水倉と宗村が喧嘩していた――これは普通に考えれば父親の死をちゃんと調べないことへの抗議ととれる。しかしこうも考えられる。水倉は父の死、その犯人を宗村だと考えた――飛躍が過ぎるだろうか。だがこれは宗村が口を割らない限り永遠にわからない。

家に着いても、陽翔はすぐには車から降りなかった。どこか遠いところを見るような目でつぶやく。

「大地、ここまでわかっていてもダメなのか」

大地は答えない。村への訪問で、水倉と宗村のつながりはほとんど解明された。だがそこから先の証拠は見つからなかった。動機の解明もいまいちだ。これではどうしようもない。殺人犯として宗村をどうやって追い詰めていけばいいのだろう。

「殺人の証拠か……」

本当に難しい。これを殺人だと主張する道のりは果てしなく遠い。解剖の際の書類の不備を突き、水倉の死が無人ヘリの激突、あるいはそれによって田んぼに落ち、頭部を強打したことによると証明しなければいけない。あの破片もそれが証明されて初めて意味をなす。疑わしきは罰せずだ。この程度の証拠では警察は動かない。それに警察が事故だと一度結論づけたものを覆すなど、現実には不可能だ。捜査のプロでも難しいだろう。ましてや三十歳のニートと十二歳の少年ではどうしようもない。

「くそ、ちくしょう！」

我慢してきた陽翔だったが、最後にそう叫ぶと車を降り、きつく扉を閉めて走り去った。

ひょっとして、水倉も父の死の際、こんな感じだったのだろうか。大地は何とかしてやりたいと思いつつ、軽トラを駐車場に停めると水田の方に向かって歩く。

少し歩くと田んぼが見えてきた。

「だいぶ色づいてきたな」

大地は立ち止まってつぶやいた。ただそこはひまわり農場の田んぼではない。宗村日出男の田んぼだ。ひまわり農場の四分の一くらいの規模だろう。緑色だった稲は黄色く変わりつつある。もうしばらくすれば収穫期だ。完全無農薬のひまわり農場の米も、農薬を撒いている宗村の米もぱっと見は変わらない。

思えば自分で植えた苗を世話したのは初めてだ。この四カ月近くで色々なことがあった。あまりにも濃密な四カ月だった。

しばらく佇《たたず》んでいると、後ろから足音が聞こえた。

振り返ると陽翔だった。大地は何も問いかけない。陽翔も原点に戻ろうとしているのだろう。

——よく考えてみれば、あの謎も解けていない。

以前、ひまわり農場、それも水倉が死んでいた田んぼにだけカメムシが大量発生した。あれは何故だったのだろう。水倉が魔法をかける途中で死んだから——その一言で済ませていいのだろうか。

「魔法か」

同じことを考えていたようで、陽翔はひとりごちた。

「なあ大地……本当に父さん、農薬使ってなかったのかな」

その疑問は例のカメムシの状況を見れば誰もが抱くはずだ。死んだ水倉のことを考え、誰も口には出さない。だが農薬を使っていなかったことは間違いない。実は穂乃花に頼んでひまわり農場のカメムシが発生しなかった水田に農薬が撒かれていたかどうかは調べている。結果、まったく農薬は撒かれていなかった。そのことを大地は告げた。

陽翔は心底安心しているように見えた。自分でも前から思いつつ、怖くて口にできなかったのだろう。それだけ父を尊敬していたということだ。

「そっか、よかった」

陽翔は用水路のところで足を止める。稲穂ではなく水面を眺めている。そこにはトンボが二匹いて、産卵しているところだった。陽翔はどういうわけか悲しげな目でその様子を観察している。大地もトンボを見る。メスのトンボは尻尾《しっぽ》で水面を叩きながら産卵しているところだ。

「あれ？」

ふと大地は声を漏らした。陽翔が不審げな顔を向ける。

どうしてここにトンボが……。水倉が生きていたころ、代かきをする彼の周りには鳥たちが寄ってきていた。それについて穂乃花は無農薬だからと説明していた。トンボの産卵もそうだったはず。だが宗村は農薬を大量散布しているはず。これはどういうことだろう。

「何だよ、大地」

「いや、無農薬の水田にしかトンボは産卵しないんじゃないか」

問いかけると、陽翔は苦笑いを見せた。

「絶対じゃないのさ。無農薬だから絶対来るわけでもないし、農薬を撒いているから絶対来ないってわけでもない。宗村さんの水田には白鳥だって来ていたよ」

「そうなのか」

浮かんだのは生前の水倉の姿だった。代かきをする水倉の周りに集まる鳥たち、名画のような風景――あれは幻想だったのか。無農薬だろうが、農薬を大量散布しようが変わらないというのか。

――いや、待てよ……。

大地は口元に手を当ててると、しゃがみ込んでしばらく考えた。目の前で稲穂が揺れている。ひょっとしてこういうことなんじゃないか。こう考えるとすべての説明がつく。

「どうしたんだよ、大地」

問いかけに大地は振り向きもしない。邪魔をしないでくれ。今、すべてが解けるかもしれない。

この事件の裏に隠された真相――ラジコンヘリの破片、掘られた穴、カメムシの発生、奪われたデータ、産卵するトンボ……。そうか、そうに違いない。逆だったんだ。ずっと思い違いをしていた。

そしてそれならこうすれば証拠が出てくる。

「おい、何か言えよ。証拠でも見つけたか」

陽翔の言葉に、ようやく大地はそちらを向く。

「証拠はない。きっと今からも見つからない」

「何だよそりゃ」

「だが証拠を見つける方法はあるよ、ハルト」

「どういう意味だ?」

その問いに大地は今浮かんだ推理を説明する。陽翔は半信半疑という顔だ。おそらくチャンスはこの一度しかない。これを逃せば真実は永遠に闇《やみ》の中だ。うまくいく保証などない。だがこの推理が当たっているならきっと……。もう少し調べる必要はあるが。

大地は周りを見渡し、誰もいないことを確認すると陽翔に耳打ちする。大地の説明に陽翔の顔色が見る見る変わっていく。

「やってくれるか、ハルト」

大地の問いに、陽翔はああと答えた。背を向けて自宅へと戻っていく。また少し背が伸びたな。抜かれそうだと大地は思った。

夏の終わり。ツクツクボウシが鳴いている。心持ち涼しげな風が頬に当たり、トンボが一匹、飛んでいくのが見えた。おそらく水倉もこの風景を見て育ったのだ。世界一の稲穂を実らせる。日本の農業を変えるという夢はまだ終わってはいない。そしてこれからすべてを明らかにする。自分だけでは無理だが、陽翔がいればきっと……。

4

目覚まし時計の音より早く目が覚めた。

今日は農協会館でJA農業作文コンクールの入賞者の発表会がある。陽翔は最優秀賞に選ばれて朗読することになっている。発表会は午後三時からだが、営農指導員の穂乃花に早く来るように言われている。他の入賞者たちと同じようにただ作文を読むだけ。陽翔は最後に朗読する。それが終わると授賞式があるという。

今日すべての決着をつける。少し眠かったが、窓を開けるとひんやりとした空気が流れ込んできて眠気はどこかに消えてしまった。着替える必要はない。Ｔシャツに短パン。すぐに飛び起きる。陽翔は机の上を見る。小さなラジコンヘリが載っている。

「行ってくるよ」

少しためらったがラジコンに敬礼をする。二階にある子供部屋の窓を開けた。下は納屋になっている。陽翔はそのトタン屋根の上に飛び乗り、さらに、音もなく地面に降りた。自転車置き場の十四段変速の自転車にまたがると、スタンドを上げる。

陽翔は一度大きく深呼吸をする。山鳩が鳴いている以外にほとんど音はしない。ただ明るさはあった。ライトは必要ない。九月に入り、少し日の出は遅くなったが、まだライトなしでも十分に見えるし大丈夫だ。

中学校を過ぎると新潟平野には水田が広がっていた。新潟市内だが、外れであるこの辺りには農家が多い。美しく育った稲穂がこうべを垂れている。

楓との約束は河川敷だった。信濃川の支流。といっても小さな川だ。朝日を浴びて輝く稲穂の間を突き抜けるように陽翔は自転車をこぐ。

やがて河川敷に着いた。そこにはすでに楓が待っていた。こちらに気づいて手を振る。スポーツバッグを片手に持っていた。

「悪い、待ったか」

「ううん、今来たとこだよ」

楓は手招きをする。見せたいものって何だろう。そう思いながら進むと、河川敷には一台のラジコンヘリが停まっていた。

「すげえ、いいやつじゃん」

そのヘリは宗村が操縦していた無人ヘリよりはずっと小さい。だが陽翔が持っている室内用ヘリよりは大きく、本格的だった。ただ陽翔は少し複雑な思いだった。大好きだったラジコンヘリが父さんの命を奪った。お祖父ちゃんは気にしないように言ってくれたが、まだどこかやりきれない思いは残っている。

「エンジンはMAX－91RZ－H－RING。見ててよ、ほら」

そう言いながら楓はプロポを操作した。ヘリのブレードが回転し、静かに機体が持ち上がる。三メートルほど上がったところで静止。見事なホバリングだ。

ヘリは旋回を始めた。ロール、ストールターン……楓は次々と技を披露していく。うまい。ひょっとして父さんや宗村よりうまいのではないか。陽翔は呆気にとられつつ、楓を見ていた。楓は少し得意げに微笑む。

「僕の特技、これくらいしかないんだよ」

「十分すげえよ」

やがて背面飛行を終えたラジコンヘリは、砂塵《さじん》を巻き上げながら着地した。そこは楓が飛行前に足で円を描いた場所。陽翔は駆け寄って眺めた。ピタリと円の中央に停まっている。

「練習したからね。僕は将来、ラジコンヘリを使って空撮とかの仕事をやりたいんだ。水倉くんが大規模農園をやるなら協力できると思う」

陽翔は朝日を浴びて輝く楓の顔を見た。楓は思っていたよりもずっと強い。しっかりと将来像が見えている。その一方、自分はどうだろう。何も見えていない。

「楽しそうじゃねえか」

不意に声が聞こえて振り返る。バスケ部の上級生が立っていた。刈り上げと赤シャツ。楓をいじめている中心人物だ。早朝練習に行く途中か。いや、早すぎるし、こいつらはかなりグレている。帰宅せずに遊んでいただけだろう。

「いじめられっ子同士、いつの間にか仲よしになったってわけか」

二人の上級生は近づいてきた。こちらを威嚇するように見下ろそうとした。だが視線の高さは変わらなくなっている。

陽翔は二人に鋭い視線を送った。

「ハルト、お前、何が言いたいんだ」

赤シャツが薄ら笑いを浮かべる。だが陽翔に後悔はない。

「いじめなんてする奴はクズだって言いたいんですよ」

「何だとこいつ！」

刈り上げの方が陽翔の胸をどんと突いた。だが陽翔はひるまない。

「いい加減にしろよ、お前ら！」

叫ぶと、こぶしが降ってきた。

「おい、顔はマズいぞ」

刈り上げが止めた。だが赤シャツは切れたように、倒れた陽翔に蹴りを入れ始めた。陽翔は抵抗しない。その蹴りから体を丸めつつ身を守るだけだ。楓はオロオロしていた。助けようと上級生につかみかかるが、すぐに振りほどかれている。

赤シャツは変わらず陽翔を蹴り続けている。刈り上げも加わった。

「お前も死んだオヤジも調子に乗り過ぎなんだよ！」

クズ野郎——心の中でそう思いながらもなぜか陽翔は抵抗する気力がなかった。すでに体力的には戦って勝てない相手ではないだろう。だがそんな気はない。どういうわけか浮かんだのは父さんに嫌がらせをした山本晴久や、父さんの生まれ育った村で見た老夫婦のことだ。

父さんやお祖父ちゃんを村八分にした彼らとこいつらは重なる。持たざる者——最低の奴だと言って切り捨ててはいけないのかもしれない。

「助けて！　誰か」

楓は叫んでいる。やがて新聞配達のバイク音が近づいてきたのをきっかけに、二人は走り去った。

「大丈夫？　水倉くん」

陽翔はよろめきながら、立ち上がった。

「いいよ、楓……たいしたことないし」

血の混じったつばを吐き出す。口の中はズタズタだった。体のあちこちが痛んだが、それほど目立った外傷はない。

「水倉くん、でも」

「いいんだよ。それにオレはお前に隠していたことがあるんだ」

楓は不審げな顔を向けてきた。

「帽子のことだ」

「え、帽子?」

「お前、少し前に帽子を隠されたことがあっただろ? あの時上級生がマットの下に隠したってオレ、本当は知ってたんだよ。それなのに言わなかった。ごめん」

陽翔の告白に楓は沈黙する。だがしばらくして破顔した。

「正直に言ってくれてありがとう」

その時、何かもやもやとしていたものが晴れていくような気がした。楓の笑顔に赦された思いがする。体は痛い。だが心地いい。楓とやっと本当の友達になれた気がした。

「帰れよ。オレもそうだ。抜け出してきたんだろ」

「じゃあね、作文の発表会、絶対行くから」

楓はそう言って帰っていく。陽翔はしばらく手を振って見送った。

朝食を終えた陽翔は自転車で隣の集落に向かった。

集落に入ると自転車を停める。そこは宗村の家。大地が立てた計画を実現するために、どうしても彼に来てもらう必要がある。陽翔は玄関に向かい、呼び鈴を鳴らした。

「はい、ただいま」

意外にも聞こえてきたのは女性の声だった。メガネをかけた三十代後半の女性が姿を現した。どういうわけか目元が赤い。

「あの、宗村さんに会いに来たんですが」

「そうなの……ところでボク、誰？」

「ハルトです。水倉陽翔」

「君がハルトくん……そうなんだ。父が孫のようだっていつも言っていたわ。少し待ってくれれば戻ってくるわ。あ、私は娘の倫子《ともこ》っていうのよ」

彼女は、陽翔が名乗ると急に優しい口調になり、中に通してくれた。麦茶が出され、陽翔は彼女としばらく話をした。

水田の方から車がこちらに向かってくる。車は速度を緩める。庭の中へ入ってきた。軽トラだ。宗村が帰ってきたのだ。玄関まで出迎えると宗村は意外そうな顔を向けた。

「あれ、ハルトくん」

「こんにちは」

「こんにちは。ごめん、ちょっと病院に行っていたんでね」

「どこか悪いんですか」

「ん？　ちょっとね。それよりどうしたんだい、ハルトくん」

宗村の表情はいつもと変わらない。海苔のような眉毛が少し下がった優しげな顔だ。心なしか以前より少しやせている。

陽翔は軽くお辞儀をすると用件を切り出した。

「作文で入賞したんですよ。それで今日、発表会なんです。聞きにきてほしいと思って……」

「聞いたよ、たいしたもんだ。ぜひ聞きに行かせてもらうよ」

「そうですか、ありがとうございます」

宗村が来てくれなくては計画は始まらない。そう思っていたが、拍子抜けするほどあっさりと用事は済んだ。陽翔が立ち去ろうとすると、宗村は引き留めた。

「そうだ、ハルトくん……ちょっと待っていてくれるか」

宗村は玄関を出ていく。陽翔は黙って彼が戻ってくるのを待った。すべての謎は解けている。問題は証拠だけだ。どうやって証拠を見つけ出すか、それだけが問題だった。だが今、その答えも見えている。今日ですべては終わる。

二分ほどして、宗村は戻ってきた。手には袋に入れたスイカを持っている。

「いやあ、苦労したんだけどこのスイカ、ウチで作ったんだよ。まあ君の農場のようにはいかないだろうが、うまくできたと思うんだ。一つ持っていってくれないか。これだけなら多分、自転車の前かごに入るだろ」

「ありがとうございます」

笑顔で受け取ると、陽翔は宗村の顔を見た。そこにあったのは初めて会ったときの警察官の顔ではない。凶悪な犯罪者の顔でもなかった。人生に疲れた寂しげな老人が、最後に喜びを見出《みいだ》したような顔に思えた。このスイカはどういう思いで作ったのだろう。

「宗村さん、イチゴも作っているんですか」

問いかけに宗村は一度瞬きをする。

「ああ、手慰みだけどね」

陽翔は心の中だけでため息をつく。言いたいことはいくらでもあった。手慰みだって？　よくそんなことが言える……。

陽翔はニコリと微笑んでみせた。

「じゃあ、これで帰ります」

陽翔は自転車にまたがる。スイカを前かごに入れると、測ったようにすっぽりと収まった。ペダルに足をかけて止まった。もう二度とここへ来ることはないだろう。そう思うと、複雑な思いに駆られた。

「宗村さん、誰かを悪者にするような考え方では、日本の農業は変わらないんですよね」

「確か前にそう言ったな」

再び陽翔は沈黙する。だがすぐにペダルをこぎ、自転車を反転させた。

「それじゃあ午後三時に。スイカありがとう」

「ああ、必ず行くよ」

宗村は手を振っている。ペダルをこぎながら陽翔は思う。本当ならこの事件、真相は決して暴かれることはなかっただろう。証拠はすべて宗村が押さえている。もうなくなってしまったものもある。だが今から魔法をかける。父さんが小昼や無農薬米に対してやったように魔法をかけて真実をあぶり出す。大地と二人で。

午後に入ると、新潟市内には抜けるような青空が広がった。

陽翔は会場となる農協会館に午後一時前にやって来て段取りの説明を聞いた。農協会館は建て直されたばかりで新しく、ひまわり農場からも近い。田んぼに囲まれて建っている。早すぎる招集で、会場に来た他の入賞者たちは眠そうにしていた。これから多くの聴衆の前で朗読するわけで緊張している子もいる。

「ハルトくん、緊張しているみたいね」

声をかけてきたのは穂乃花だった。陽翔はふうと大きく息を吐き出す。

「全然してないよ」

「ふふ、してるじゃない」

彼女は笑いながら陽翔の肩をもむ。リラックスしなさいという意味らしい。確かにそうだ。緊張している。だがこちらは他の入賞者たちとはまるで違う別の緊張感だ。

——今日が最初で最後のチャンスだ。

それが緊張感の正体だった。大地の主張通りだと思う。今日で終わらせられなければ父さんの事件、その真相は永遠に闇の中だ。そんなことにだけはしたくない。

作文コンクール発表会の時間が近づき、会場には農業関係者や入賞者の親御さん、友人などが続々と詰めかけている。JAのおえらいさんも控室を訪れ、陽翔に声をかける。穂乃花が間に立って話しているので気疲れはない。陽翔は自分の作文を読み直してため息をついた。

「時間です。みなさん来てください」

進行役の穂乃花が手招きをした。

入賞者の小中学生は順番に壇上へと登っていく。拍手が送られる。前を歩く小学生の女の子に、親御さんが声をかけると笑いが起こった。陽翔も続いて壇上へ登る。椅子が幾つか用意されていて言われるままにそこに腰かけた。

進行役の穂乃花がマイクのスイッチを入れる。ガーと変な音がした。穂乃花は焦って直した。

「それでは新潟市JA農業作文コンクールの発表会を行いたいと思います」

最初は農協の偉い人の話だった。にこやかに冗談を交じえて話しているようだが、陽翔の耳には届かない。黙って会場に詰めかけた人々を見渡す。

会場に集まった聴衆は三百人を超えていた。予想以上に多く、ほとんどの椅子が埋まっているように思える。陽翔の隣に座ったメガネの小学生は緊張のあまり顔が青ざめている。陽翔は正面に向き直ると再び会場を見渡す。見知った顔が幾つもあった。楓や楠木という地元の県会議員と山本晴久が並んで座っている。

最後に見つけたのが宗村だった。隣には五百川という刑事もいる。宗村は会場最上段からこちらを見下ろしていた。みんないる——ここまでは予定通りだ。

他の入賞者たちの朗読が進んでいく。みんな緊張しつつも、何とか自分の作文にすがるように必死で読んでいる。演説をするわけではなく、読むだけなのでその分楽だ。

時間が流れ、ほとんどの入賞者が朗読を終えた。

「それでは最優秀賞の水倉陽翔くん、どうぞ」

穂乃花に言われ、陽翔はマイクの前まで歩いた。不思議と緊張はない。大地と二人で立てた計画を前にして意外と心は平静だった。気持ちを強く持って、陽翔は一度だけ大地を見た。出会ってから色々なことがあった。口喧嘩《くちげんか》をし、ニートだとからかった。ネーミングのセンスもなく、いまだに米の名前も考えつかない。それでも今は信頼できる友達だ。マイ・フレンド……ん？　米フレンド……悪くない。でも今はそれどころじゃない。目が合うと、大地は黙ってうなずく。

さあ行こう。すべてを終わらせるんだ。

5

マイクを前にして陽翔は少し気負っているように見えた。

それでも客席から見上げる彼の瞳には輝きがある。大地は大丈夫だと心の中で思う。臆《おく》してなどいない。陽翔ならきっと真実にたどり着けるだろう。大地は静かに席を立つと目立たないように会場の端の方へと進んだ。ここからなら会場内の人々の様子がよく見える。

「太陽のギフト、中学一年、水倉陽翔……」

陽翔の声は意外と静かだった。だが気合いを内に秘めたようで、今からすることへの意志がしっかりと伝わってきた。

陽翔は最優秀賞を取った作文を読み始める。

「僕はお米が大好きです。毎日食べていても飽きないし、ふりかけやお醤油《しょうゆ》だけでもおいしい。こんな食べ物は他にありません。パンが好きだという子もいるけど、僕は断然お米派です。きっと一生変わらないと思います。母さんはコメスティックというパンを発明しました。これは米粉を使ったパンで……」

普通の作文だった。それほどうまい文章でもない。ちゃんと読めるのかと不安だったが、陽翔は意外と口が回っている。声も出ている。陽翔は朗読を続け、場内はそれに聞き入っている。将来の農業についてというのが一応のテーマだが、ここまではそれについて触れていない。大地は会場の隅から宗村を眺めていた。

「僕も米作りをしたことがあります。トラクターやコンバインには乗れないけど、自分で種をまいて作った苗を植える作業はしました。とても疲れる作業で、いつもやっているバスケットの練習よりも大変だと思いました。こういうことをずっとやっていかなければいけない農業は大変な仕事です」

宗村は目を細めている。作文の内容を噛みしめるというのではない。この大舞台でしっかりと発表している陽翔に、まるで孫を見るような、いとおしそうな視線を注いでいる。大地は複雑な思いで観察していた。

少し間を置いてから、陽翔は言葉を続けた。

「そんな農業の未来について、真剣に考えている若者がいました」

場内は糸が張り詰めたように緊張感が高まった。

大地も陽翔に視線を向ける。この会場に来ている誰もが知っている。陽翔が死んだ水倉社長の息子であると。大地も読んでみたが、陽翔の作文はそれほどうまいわけではなかった。だが『太陽のギフト』は死んだ水倉の人生、歩んできた道を描いていた。おそらくはそれが最優秀賞を取った理由だろう。

「若者は日本の農業を変えたいと思っていました。小さいころから自然が大好きで、この自然とともに生きていきたいと思っていたからです。でもそれだけではありません」

一度言葉を切ると、陽翔は静かに息を吐いた。

「若者が住んでいた村には化学薬品工場が進出してきて、一時、飲料水に農薬が混入しているのではという騒ぎになったことがあります。彼のお母さんも関係は不明ながら若くして癌で死にました。若者は農薬や化学肥料を憎みました。だからそんなものを使わずにいい農作物を育てたいと心から願ったんです。その若者は本当の思いを胸にしまって苺を作り始めました。素晴らしい苺を作ることで注目を集め、実績を作るためです。若者は『小昼』という苺を開発しています。僕もおやつ代わりに食べています。本当においしい。でも本当はお米を作りたかったんです。この新潟に世界一の稲穂を実らせたい。それがその若者の夢だったんです。農協さんもいろいろ工夫しているようですけど、若者の創意工夫はすさまじいものでした。今、それは新品種の無農薬米として飛び立とうとしています。これがたくさん作れればTPPに加盟してもへっちゃら。僕のお祖父ちゃん、久住陽一郎の意思を若者は継いでいました……」

熱のこもった朗読に、場内は静かだった。ハンカチを目頭に当てている人もいる。作文の出来云々《うんぬん》より志半ばに倒れた水倉を憐れみ、誰もが陽翔に同情している。ここに村八分はない。

宗村は目を閉じ、陽翔の作文を心で味わっているようだ。

――行こうか陽翔、もう十分だ。

大地は心の中でつぶやく。陽翔は応じるように少し間を空ける。感情が抑えられないのか、一度天井を見上げた。そして静かにその言葉を発した。

「……その若者の名前は、宗村日出男といいます」

その瞬間、場内は凍りついた。

誰もが呆気にとられている。陽翔のいう若者とは父である水倉陽太社長であると誰もが思っていた。だが発せられた名前は宗村日出男――驚きは当然だ。宗村は大きく目を開け、陽翔を見ている。宗村と陽翔は一本の糸で結ばれたように、しばらく黙って見つめ合っていた。誰も何も言わない。静かな空間がそこにあった。

そんな中を大地は宗村に近づいていく。

宗村が振り向いたとき、大地は声を発した。

「水倉社長の死因はラジコンヘリの衝突です。宗村さん、あなたが操縦していたんですか」

会場はざわめき始めた。

「君はひまわり農場の小山大地くん……だったな」

「ええ、そうです」

「どういうことだね」

「社長が死んだ水田にヘリの破片が落ちていました。あそこは散布する予定のないところです。普通に考えてあんな場所に破片が落ちるはずがない。誰かが操縦しない限り。飛行記録を調べましたがあなたが操縦していた無人ヘリでしたよ。あなたが水倉社長を殺したんじゃないんですか？　もし違うと言うなら、破片が落ちた理由を説明してください」

大地はきつく宗村を見つめた。彼は何も反応しない。いや、そう見えるだけで彼の中では葛藤《かっとう》があるようだ。かすかに手が震え、やがて宗村はふっと笑い、立ち上がる。

「よう調べたな」

「調べたのはハルトです。それより宗村さん、認めるんですか」

大地の問いに宗村は答えず、苦笑いを浮かべた。

宗村が水倉を殺した――その言葉に会場はざわめき始めた。前もって説明を受けている前田と菊子以外は誰もが驚いている。宗村の隣に座っている刑事の五百川は、どうしていいのかわからない様子だ。大地はしばらくしてから問いを発した。

「俺を事務所の二階で襲撃しましたよね」

大地の問いかけに宗村は答えない。大地はしっかりと宗村を見据えた。どうなんですかという無言の問いを、眼差しに込めた。宗村は抗するように大地を見つめていたが、やがて脱力して、静かに声を発した。

「ばれては仕方ない。そうだ……わしの犯行だ」

場内はざわめいている。司会進行役の穂乃花はおろおろしていた。

「どうしてあんなことをしたんですか」

「わしもこの年になって欲が出てきてね。陽太くんのように無農薬で色々と野菜や果物を作りたいと思ったんだ。だから彼に聞きに行った。でもすげなく拒否されてね。データを奪おうとしたんだよ」

「それは嘘だ！」

場内に大声がこだました。宗村も大地もその声の方を見る。

叫び声を発したのは壇上の少年、陽翔だった。

「嘘をつくことは罪を重ねること……宗村さん、あなたの言葉だ！」

騒然となる場内に陽翔は大声を響かせた。すでにそれは朗読ではなくなっている。その大声は宗村だけに向けられていた。彼はただ黙って陽翔を見ている。

「さっき僕が朗読したとおり、宗村さんは本当は日本の農業を変えたいって強く思っていたんだ。父さんやお祖父ちゃんと同じくらい。でもお祖父ちゃんにはできなかった。みんなから村八分にされ、思うような協力も得られなかったから。失敗を続け、お祖父ちゃんは失意のままに死んだ。でも宗村さんは諦めなかった。警察官の仕事をしつつも、休みには研究を重ねていた。お祖父ちゃんの死後も自分のビニールハウスで長い間、実験を続けて『小昼』を編み出した。それだけじゃなく幾つもの無農薬野菜を作ったんだ。そして引退後、その作り方を父さんに教えた」

黒点に虫眼鏡で集められる光のように、宗村に会場の視線が集中した。その注目の中で宗村は口を開いた。

「何故わしがそんなことをする？」

「自分より、父さんがその方法を考え出したことにしたかったから。手柄をすべて父さんに譲りたかったから。宗村さん……あなたのお母さんも因果関係は不明ながら癌で死んでいるんでしょう？　あなたは巨大化学薬品工場のせいだと思った。だから農薬など人体に害を及ぼすものに人一倍嫌悪感を覚えてきた。お祖父ちゃん、久住陽一郎の村八分、死を止められなかった罪滅ぼしのために。日本の農業の未来のために」

宗村は目を閉じていた。もう反論はない。そんな面持ちだ。陽翔は追い打ちをかけるように言葉を叩き込んでいく。

「僕は少し前まで父さんを殺した犯人がデータを盗みに来たんだと思っていました。でも違うんですよね？　その逆。宗村さんはあそこに自分が作ったデータを置いたんだ。ひまわり農場を救うために。これが自分にできる最後の仕事だと思って。宗村さん、あなたは末期の癌なんでしょ？　本当は入院していないといけないのにここに来た」

宗村は目を開いたまま、小さく、「そうかい……」と応じた。陽翔の言うことは事実だ。大地はさっき宗村の娘に確認をとった。宗村は重い病気らしい。

「この作文、僕は父さんのことを思いながら書いた。太陽とは父さんの意味だった。父さんは僕に色々なものをくれたから。でも今の作文は少し内容を変えて違う思いで読んだんです。ここで言う太陽とは日出男……宗村さん、あなたのことです」

会場内は水を打ったように静かになった。

宗村も黙っている。大地は長い息を吐き出した。侵入者は善意という発想の転換が肝だった。農薬を撒いているはずの宗村の水田で産卵するトンボ――この気づきが真実を大地に告げた。馬の背で荷物を振り分けるように分かれたカメムシの被害、持ち去られた土――こう考えればすべてのつじつまが合う。だが宗村だけではない。この一連の事件には、もう一人の別の意思が働いている。

その時、何かが床に落ちた音がした。

大地はそちらを見る。司会進行役の穂乃花がマイクを落としたのだ。だが彼女はそれを拾い上げない。目を大きく開けて宗村を見ている。

「うそ……そんなことあるはずない」

つぶやく穂乃花に大地は鋭い視線を向けた。宗村もそちらを向く。その瞳は憐れんでいるように見えた。

しばらく時が流れ、穂乃花は床にくずおれた。

「やはり君だったんだね」

大地の問いかけに穂乃花は何も言わない。床に力なくへたり込んだままだ。だがその沈黙は肯定を意味していた。

「事故だったの」

小さく穂乃花はつぶやいた。大地はうなずく。

「わかっているよ。多分どうしようもない突風による事故……君たち兄妹はひまわり農場の水田にラジコンヘリで散布を行っていた。ただし村八分のため無人ヘリは使えない。使っていたのは水倉社長が改造したラジコンヘリだ。これなら資格はいらないから。おそらく操縦していたのは水倉社長自身だ。君は合図マン。水倉社長はラジコンヘリの操縦が得意だったから。でも一千万もする高性能の無人ヘリとは違い、所詮は安物の改造ヘリだ。ちょっとした突風で安定性を欠き不幸にも墜落、社長に激突してしまった。これが事件の真相です」

「そんなはずはないわ。ひまわり農場じゃ農薬なんて一切撒いていない」

菊子が興奮気味に横槍を入れた。前田も同意し何度かうなずいている。大地は二人を見つつ、大きく一度首を縦に振った。

「撒いていたのは農薬じゃないわ」

「えっ、農薬じゃない？　だったら何を撒いていたっていうの？」

「宗村さんが何十年もこの溶液を研究して編み出した特殊な溶液です。宗村さんは農薬を撒くと登録しつつ、実際は無農薬でした。土に撒くだけでなく、稲に直接散布すると害虫予防にもなるんですよね？　その証拠がホタルやトンボの来訪、カメムシが寄り付かないことです」

宗村は大地を見た。陽翔もこちらを見つめている。この溶液は難しく言うと腐植前駆物質という溶液だ。

穂乃花自身がそう言い、大地も、あれから調べてみた。

「それは肥溜めの上澄みのようなもの——農薬じゃない。肥料——そういえるかは微妙なところ。

言えることは人間には無害だということだ。そしてこの溶液は土を豊かにするだけでなく、稲を強くし、虫を予防する効果まである。そうでしょ、宗村さん」

宗村は黙ってうなずく。大地は穂乃花の方を向いた。

「君はこの事故を報告できなかった。なぜならこのことが知られればひまわり農場の信頼は失墜する。自然栽培を売りにしているにもかかわらず、農薬、あるいは肥料を撒いていたということになりかねないから。だからその証拠を君は持ち去ろうとしたんだ。土を持ち去ったのはラジコンの破片が交じったからではない。この溶液がポットからこぼれてそこにしみ込んだからです。そこだけ草が育てば不自然だと思ったんだろう？」

穂乃花は反応しない。くずおれたままだ。だがそれは十分に肯定を意味している。彼女はしばらく押し黙っていた。いまだに信じられないという面持ちだ。

真相に気づいたとき、大地はショックだった。彼女とならずっとやっていける。そう信じていた。だからこうやって大勢の目の前でその罪を暴くことに抵抗はあった。それでも真実のためにはこうするしかなかった。

穂乃花はゆっくりと顔を上げる。静かに口を開いた。

「そのとおりよ……あれは事故だった。そしてわたしが証拠を隠した」

穂乃花は言葉に出してそれを認めた。大地は宗村に視線を向ける。彼はさみしげな顔をしていた。視線を穂乃花に戻すと、彼女はもう一度言う。

「小山くん……自然栽培って何？」

最初の面接の際、前田から受けたのと同じ質問だった。

「自然に戻すこと、でいいのかな」

「ええ、それが大切なことなのは間違いない。特に新潟は環境的に恵まれているから。でもあまりにも消費者は潔癖よ。潔癖すぎてこういうことには容赦ない。たとえ正直に言おうが、許してはくれない。地震の際、買い占め騒ぎが起こっていたことを覚えている？　あれも根は同じ。悪意なんてない。ただ自分が助かりたい。自分の親しい人間を助けたいという本能の問題。農家も同じ……自分だけは少しでも豊かになりたい。たとえ将来の日本がどうなろうが自分の生活だけは守りたい
——そう思ってしまう」

そうかもしれないなと大地は心の中で思った。

「前にも説明したけど、問題はそれが悪とまではいえないこと。悪なら一刀両断にできる。でも農業をとりまく問題には悪といえるほどのものがいない。だからどこかに悪を求めたくなる……JA？　兼業農家？　TPP？　でもそんな思考では決してよくならない」

穂乃花の凜《りん》とした声には、強い意志が込められているようだ。魅力的でもある。だがどこか、後ろめたさを秘めているようにも思える。

「そうかもしれない。ここまでの君の行為はすべて兄である水倉社長を守るための行為だ。よくわかる。でもここからが違った。侵入者の件を俺から聞いた君は、自分が生まれた村の神社の燕のお守りから侵入者は宗村さんではないかと推測した。兄が命をかけて研究したデータを、村八分から父を守れなかった駐在が奪い去っていったことに激高した。だから営農部の管理下にあったラジコ

ンヘリの一部を損壊し、現場に置くことで宗村さんがやったように見せかけたんだ。ここには悪意がある。まさか宗村さんがひまわり農場のために行動していたなど考えもしないで。こんなことをする動機を持ち、破片をあそこに置ける人間は君しかいない」

穂乃花は口を開けたが、言葉は出てこない。代わりに大地はもう一度口を開く。

「君の中でお父さんを村八分から救えなかった宗村さんはずっと悪だった。だから彼がそのことを悔い、お父さんの後を継いで無農薬の農作物を研究し、それをお兄さんに教えたなんてとても信じられなかったんだろう？　ましてデータを盗むのではなく置いたなんて。俺も宗村さんの水田で産卵するトンボを見るまでは気づかなかった」

しばらくの沈黙の後、穂乃花は黙ってうなずいた。

「その通りよ。兄はそういうことは私には言わなかったから。兄も宗村日出男を憎んでいるものだとばかり思っていた。わたしはお母さんが農薬のせいで死んだと思っている。だから徹底的に農薬を嫌った」

「水倉社長も、だろ」

「ええ、でも考えてみればそれだって同じなのかもしれない。肥料や農薬はすべて悪だとして排除しすぎていた。JAや他の生産者の努力もどこかで軽蔑《けいべつ》し、化学肥料や農薬のすべてを消し去りたかった。放射性物質のように……。わたしはずっと宗村日出男を悪者にしていた。それがまったく逆だなんて、さっきまで想像もつかなかった。わたしたちに消費者が潔癖だと言って批判する資格なんてなかったのかもね」

二人の会話はそこで途切れる。会場内は静まり返った。

宗村は立ち上がると、穂乃花に一度だけ深いお辞儀をした。

「あんたのお父さんはみんなにのけ者にされとった。わしは駐在時代、それを知りながら見て見ぬふりをしてきたんだわ。今さらだが、わしの調べでは陽一郎さんの死はやはり事故だった。ただしそれは村八分のせい。おそらく夜中、陽一郎さんは水を自分の田んぼに引くために羽目板を外そうとしたんだわ。その際に川に落ちて死んだ。誰かが突き落としたんではないが、村八分さえなければ防げた事故だった。わしが村八分を止めていたら……」

宗村の謝罪を受け、穂乃花は目頭に手を当てた。

「わしにできることはあんたのお父さんの研究を続け、陽太くんに引き渡すことくらいだった……」

穂乃花はその場に泣き崩れた。ごめんなさいと繰り返している。その様子を宗村はただ黙って見ている。悲しそうな顔だ。だがもう一度小さく、すまなかった……とつぶやく。彼の頬を大粒の涙が流れ落ちる。

大地は思った。この事件、誰が悪だったのだろう？　穂乃花だろうか。確かに宗村に罪を着せようとした行為には悪意がある。おそらくこの事件の中にあるたった一つの悪意。とはいえ彼女は自分のしたことを認めた。証拠を突きつけられたからではなく、宗村の行動の意味が理解できたからだ。そこには穂乃花なりに贖罪《しょくざい》の意識があったと言うべきだ。実際、彼女が犯した罪は器物損壊程度かもしれない。

宗村にしても同様だ。事務所への侵入、大地への暴行――それは確かに形式上、犯罪といえるのかもしれない。だが宗村のどこに悪意があったのだろう。ただひたすら水倉を、日本の農業を案じただけではないか。

宗村は必死で努力を重ねてきた。そして「小昼」をはじめとする農作物を編み出した。彼の行為はすべて村八分で久住陽一郎を死に追いやってしまったという罪悪感に貫かれている。彼がさっき認めた殺人は駐在時代、何もせずに久住陽一郎を死に追いやってしまったということだ。だがそれは殺人とはいえない。

それから会場にはしばらく沈黙が流れた。陽翔が壇上から降りてきて宗村のところに走った。その前に立つ。

「ハルトくんか」

「宗村さん……」

それ以上、何も言葉は出てこない様子だ。宗村はあふれそうな感情を強引に押しとどめているように見える。

やがて宗村は目を開けた。

「そういや米の名前、決まったのか」

宗村の問いに、陽翔は黙って首を横に振る。

「もうそろそろ収穫だしな。いい加減決めんといかん。そうだな、もうじき秋だ。アキアカネ……っていうのはどうだ?」

アキアカネ――赤とんぼの名前だ。何ていうことのない名前に思えたが、陽翔はそれを聞くなり驚いた表情を浮かべた。目頭を押さえている。きっと陽翔には響くものがあったのだろう。しばらくして絞り出すように答えた。

「いい……と思います」

後ろでは菊子や前田もうなずいている。大地の必死の提案もむなしく、新品種の名前は宗村の鶴の一声でアキアカネに決まった。

宗村は陽翔の肩を軽く叩く。

「まあ、頑張れ」

優しげな顔だった。陽翔は黙ってうなずいた。

『鳥またぎ米』といわれた新潟のコメは人々の創意工夫によって日本一のコシヒカリとなった。そしてそれはまた、宗村や水倉の手によってアキアカネへ進化しようとしている。陽翔はそれを受け継いでいくのだろう。

夕日が差し込んできた。

こけた宗村の頬を照らし出している。陽翔は振り向く。つられて誰もが見た。そちらはひまわり農場の水田がある方だ。前田も、菊子も穂乃花も誰も声を発することはない。水倉や宗村が遺したかったものがここにある。一粒一粒に思いがぎっしり詰まっていて本当に綺麗だ。

そこには夕日を浴びて、アキアカネが黄金色の稲穂を実らせていた。

終章

電車は北陸本線を日本海に沿うように進んでいた。契約は十月末まで残っている。それまでは働くつもりだが、大地はとりあえず一時的に帰省することにした。

新潟から富山に入って間もなく、入善駅で降りた。実家はこの駅の近くというわけではなく、山の方だ。歩いて一時間以上かかる。どうしようもない田舎だ。

タクシーを使うこともせずに大地は山間の田舎道を進んでいく。背負ったリュックサックがかなり重い。新潟平野のように平らではないので適しているわけではないが、米作りは可能だ。コシヒカリの稲穂が実っているのが見える。

一時間以上歩くと、見覚えのある風景が目に飛びこんできた。細い川を挟んで二十軒ほどの家々が立ち並んでいる。新築の家は一軒もなく、すべて古い。収穫の季節だ。コンバインで兼業農家が稲刈りをしている。途中で見知った顔に出会う。小中と同級生だった奴だ。今は働いているのだろう。今日は休みなので家の手伝いというところか。

「おい、大地か」

見つめているとこちらに気づいた。横にはまだ二十代と思しき女性がいる。無視することもできずに大地は立ち止まった。農村では若い男が昼間一人で歩いていると、どうしても目立ってしまう。少し話すと、彼は高卒後、地元の建築会社で働いていることがわかった。

「ああ、こっちは嫁さん」

紹介された女性は軽く会釈する。

「大地は頭よかったからなあ、大学出て独身貴族か。うらやましいよ。こっちは貧乏暇なしってやつさ。休みでもこうして働かないといけない。今日も嫁さんの実家の稲刈りに駆り出されてんだよ。報道のせいで大変だわ。放射能、こっちには関係ないのによ」

旧友は笑った。だが大地には家庭を営む彼がとてつもなく遠い存在に思えた。いや、今までならもっと遠く感じただろう。きっと呼び止められても無視していたはずだ。

「大地お前、今、何やってんの？」

問いかけに大地はしばらく口ごもる。

「農業だよ」

「はあ？」

旧友はあきれている。大地は少し話して彼と別れる。

川の近くには小山家の田んぼがある。だが当然のように稲は育っていない。世話をする人間がいないのだから当然か。

ただその少し先の畑には編み笠をかぶったおばさんがいた。

そこは小山家の畑だ。ナスビやトウモロコシ、カボチャが栽培されている。その女性は大きくなりすぎたキュウリに愚痴をこぼしている。

――母さん。

思わず声が出そうになった。営農指導員だった母は半年前に倒れて入院中だと聞いたが、回復していたのか。だがその女性は大地に気づくと、編み笠をとった。

「うっそ、大地か」

その声は母のものではない。姉の江美子のものだった。

「えっ……姉さん？」

大地は驚いた。母と思っていた女性は姉だった。姉は三十四歳だが、すでに四十代半ばくらいに見える。

「帰ってくるんなら、連絡くらいせんか」

少し怒っている口調だった。だが口元には笑みがある。

「こっち来い。疲れたろ」

声が少し震えていた。家の中に入ると、ほうじ茶を淹《い》れ、スイカを切ってくれた。ジャンボスイカだ。渦巻き式の蚊取り線香がたかれている。

大地は縁側に座り、スイカを食べる。

「何年ぶりだ？　三年……いや五年ぶりか」

「親父の葬式以来だし四年だよ」

「そうかい……まあ、よかったわ」

何はともあれ帰ってきたことを喜んでくれているようだ。

姉の江美子は顔に幾つかシミができていた。白髪も交じり、頭髪は真ん中で分けた部分が薄くなっている。十代のころは可愛らしく、よく男が寄ってきていたが今は見る影もない。一度結婚してから離婚。もう結婚はしないと言っているが、この様子ではそもそも相手がいないかもしれない。それだけ苦労しているということだろう。

大地は心の中でごめんとつぶやく。本当に迷惑をかけた。この十二年間、俺はこの家に負担しかかけてこなかった。

「あんた、仕事はどんな様子だ」

江美子の言葉に大地は口ごもる。ひまわり農場のことをさかんに聞きたがる姉に、大地はスイカの種を皿に吐き出してから、リュックサックを開けて中から大きな袋をとり出した。ひまわり農場で収穫したばかりの「アキアカネ」だ。大地は食べてくれとその米の袋を差し出す。

「わかっただ。後で炊いてみる」

大地は少し間をあけてから口を開く。

「実はさ、姉さん」

水倉が死んだことを聞かされた姉は予想通り驚いた。それはそうだろう。信じられないのはこっちだって同じだ。大地が事情を説明すると、姉は心底がっかりした表情になった。気持ちはわかる。どうしようもない弟が三十になってようやく働き始めた矢先だ。母の面倒もあるのにまた厄介ごとが持ち込まれたともいえる。

「なあ姉さん、田んぼはもうやってないのか」

意外な問いだったようで、姉は少し遅れて答える。

「ええ、そりゃあ無理よ。誰かに頼んでもいいんだけど。もうこの辺り、見てのとおりお爺ちゃんお婆ちゃんばっかになっちゃった。あたしは仕事で農家も回るけど、農業から撤退する人も後を絶たないのよ。特に若い働き手がいないし」

「そっか……」

大地は口を閉ざした。スイカを黙々と食べ続ける。旬《しゅん》は過ぎており、ひまわり農場のよりかなり質は落ちるが、糖度が高く、それなりにおいしかった。暑さが和らいだ中、風鈴が鳴っている。江美子は蚊取り線香に抗《あらが》うように刺しに来た蚊をつぶした。

「大地、あんた汗臭いわ」

「そうか」

「お風呂にするがええ……」

姉は立ち上がった。台所に向かうようだ。

それから姉は夕食の準備を始めた。大地の持ってきた「アキアカネ」をといで、古い炊飯器で炊き始めた。トントンというキュウリを切る小気味いい音が聞こえてくる。

大地はしばらく休憩した。

考えていたのはこれからのことだ。もうすぐインターンシップは終わる。ひまわり農場の面々は残ってくれと言っているし、そうするつもりだが問題はその後だ。五年先、十年先、俺はどうすべきだろう。

夕食が出来たのは、一時間ほどしてからだった。少し早いと思ったが、外はいつの間にか夕暮れだった。姉は鯖の煮付けと、サラダ、里芋の胡麻和えを作って持ってきた。

「悪いが、残りもんしかなかったでな。そうは言うても大地、おめえが連絡さくれていれば、もうちょっとええもん用意できたんだし、文句さ言うな」

文句などあるはずもなかった。有り合わせでも、姉が出してきた料理はいずれも美味しそうに見える。だがその中で茶碗に盛られたご飯にどうしても目が行く。ひまわり農場で作った「アキアカネ」は見た目はあまりよくない。真っ白ではなく、玄米に見えなくもない。姉はいただきますと手を合わせると、真っ先に炊き上がったばかりのご飯に手を伸ばす。

「どうれ、大地の作った米はどんなもんか」

しばらく間があった。不味いはずがないだろうと思いつつも、大地は黙って江美子がご飯を咀嚼《そしやく》しているのを見ている。

「なんだこれ、うんめえ！」

江美子は大声を出した。

「お世辞抜きに今まで食べた米の中で一番うめえぞ。抜群だあ。本当におめえが作っただか。すげえだな、大地」

「いや、俺は手伝っただけだし」

そう言いながらも、大地の頬はゆるんだ。水倉亡き後、一番米の世話をしてきたのは自分だという自負はある。もちろんそれはみんなのおかげで、自分は言われるままにやってきただけだ。それでも嬉しい。自分の作ったものを心から喜んでくれる人がいる……それはこんなに嬉しいものだったのか。

それからふたりは、食事を続けた。こうして卓を囲むなど、久しぶりのことだ。三合炊いたというご飯はいつの間にか空になっていた。食べ過ぎたと腹をたたいていると、大地の頬っぺたについていた米粒を、姉はつまんで口の中に入れた。

大地は恥ずかしさを隠すように下を向く。これからのことをもう一度考えた。さっき姉は農業から撤退する人が多いと言っていた。働き手がないか……。大地は立ち上がると、姉の横を通り過ぎ、勝手口に向かう。

「どこさ行く？」

声をかけられ、立ち止まった。

「ああ姉さん、ちょっと来てくれ」

「どした？」

二人は勝手口から田んぼに向かった。

足場が悪い裏手から川の方へ進む。小山家の水田は耕作を放棄され、土は乾燥、雑草が伸び放題になっている。

二人はしばらくその土地を眺めていた。この土地は今、死んでいる。だが……。

「なあ、姉さん」

姉は黙ってこちらを見た。

「農業、俺がやってやろうか」

姉は何かを言いかけてやめた。鼻から長い息を吐き出して、はにかんだ笑みを返す。

この四カ月でやる気になったといっても続けていくのは難しい。今は水倉の事件に一種の興奮状態なのかもしれない。情熱に酔っていてもその熱は本当に五年後、十年後も継続するだろうか。正直言って自信はない。営農指導を受け、肥料や農薬を使ってもやっていけるだろうか。農具の管理維持にも金がいる。害虫対策、モチベーション。考えてみれば俺はコンバインに乗ったこともない。簡単にこんな決意など砕けていきそうに思う。

大地は懐に忍ばせていた小瓶を取り出した。

「そりゃあ、何だ、大地」

「ん……まあ、いいから」

それは宗村が生み出し、水倉がさらに進化させた溶液だ。土や米に優しいという意味を込めて『米《マイ》フレンド』と陽翔が名付けた。本当は米の名前にしたかったそうだが、宗村の提案に従った。大地が提案した米の名前も参考になったそうだ。この腐植前駆物質は今後、さらに進化していくだろう。自然とは何か――水倉や宗村、穂乃花たちがずっと考えてきた問いに俺は答えを持ち合わせていない。農業がどこに向かうべきかもわからない。それでも……。

スポイトで吸い出すと一滴、地面にたらす。

溶液は瞬く間に土にしみ込んでいった。今はこれくらいしかできない。これだけではまだ何にもならないだろう。だがいずれは変えていけるかもしれない。

沈む夕日に未来の水田が照り映えていた。今は荒れはてているが、白鳥やマガモが飛来し、ホタルの舞う緑の水田の姿が大地にはうっすらと見えていた。

「あんれ、アキアカネか」

姉の言葉に大地は振り返った。風が頬を優しく撫でる。

少し遅れて赤トンボが二匹、小川の方へ飛んでいくのが見えた。

〈著者紹介〉
大門剛明　1974年三重県生まれ。龍谷大学文学部卒。2009年『雪冤』で第29回横溝正史ミステリ大賞&テレビ東京賞をW受賞。以後次々と新作を発表し、社会派ミステリーの新星として注目を浴びる。近著に『レアケース』(PHP研究所)、『氷の秒針』(双葉社)、『有罪弁護— 負け弁・深町代言』(中公文庫)などがある。

本書は書き下ろしです。原稿枚数401枚(400字詰め)。

父のひと粒、太陽のギフト
2012年11月10日　第1刷発行

GENTOSHA

著　者　大門剛明
発行者　見城 徹

発行所　株式会社 幻冬舎
〒151-0051 東京都渋谷区千駄ヶ谷4-9-7

電話:03(5411)6211(編集)
03(5411)6222(営業)
振替:00120-8-767643
印刷・製本所:中央精版印刷株式会社

検印廃止

Printed in Japan
ISBN978-4-344-02276-8 C0093
幻冬舎ホームページアドレス　http://www.gentosha.co.jp/

この本に関するご意見・ご感想をメールでお寄せいただく場合は、comment@gentosha.co.jpまで。